STAR WARS REBELS™

Texte de Jason Fry.
Traduction : Lucile Galliot.
Conception graphique du roman : Audrey Thierry.

Hachette Livre, 58, rue Jean-Bleuzen, 92178 Vanves Cedex.

HISTOIRE • INÉDITE •

STAR WARS REBELS™

L'ACADÉMIE SECRÈTE

hachette JEUNESSE

La galaxie vit une époque sombre.
Voilà quinze ans que
le Chancelier Palpatine s'est
autoproclamé empereur
et qu'il a remplacé la République
par un Empire Galactique imposant
sa loi par la peur et l'oppression.
Décimé, l'Ordre Jedi n'existe plus,
mais l'espoir semble prêt
à renaître de ses cendres…

Zare

TROOPERS

Chapitre 1
L'ACADÉMIE D'ARKANIS

– Hé, petit, réveille-toi !

L'espace d'une seconde, Zare Leonis ne sait plus où il est. Il n'est pas allongé sur sa couchette dans la caserne, mais sanglé sur un siège par un harnais.

Puis la mémoire lui revient : il se trouve dans une navette impériale, et l'homme qui vient de le réveiller sur un ton bourru n'est autre que son pilote. Le vaisseau assure la liaison entre Lothal et Arkanis, où Zare est attendu pour intégrer l'académie des officiers.

– Oui, répond-il, l'esprit encore embrumé. Désolé.

Il déboucle son harnais et, d'un coup sec, tire son sac de sous son siège. La grande portière située sur sa droite coulisse dans un grincement de servos. Il pleut à torrents et fait nuit noire dehors. Glacé par le froid, le cadet scrute l'obscurité.

– J'ai un emploi du temps à respecter, grommelle le pilote.

À la faveur d'un éclair, Zare aperçoit la plateforme d'atterrissage sous ses pieds. Il saute et se réceptionne en douceur. La portière de la navette se referme derrière lui, et le bruit des moteurs grimpe aussitôt dans les aigus.

Zare tente vainement de se protéger de la pluie avec un bras. Son uniforme blanc est déjà trempé.

La foudre frappe de nouveau, et le cadet fait un bond en poussant un cri : un droïde noir se tient près de lui. Immobile et silencieux, il ne paraît pas affecté par l'orage.

– Tu m'as fichu une de ces trouilles ! Tu n'aurais pas pu prévenir ?

Il attend l'éclair suivant pour regarder le droïde de plus près, mais le regrette aussitôt : la machine ne semble pas avoir de visage, juste deux photorécepteurs noirs au milieu d'un bloc de métal.

– Je suis DDM-38, déclare la droïde de sa voix monocorde, vaguement féminine. Je vais vous conduire à votre dortoir.

Et, sans ajouter un mot, elle s'éloigne sous la pluie battante. Zare se dépêche de la suivre en pataugeant dans la boue. Les bâtiments autour d'eux ressemblent à d'immenses blocs de pierre.

– Ça ne date pas d'hier, ici... commente Zare. Quand l'Académie a-t-elle été fondée ?

– Il y a soixante-trois ans, répond DDM-38. Mais certains de ces bâtiments faisaient partie d'une forteresse qui date d'avant la République.

– Une forteresse ? Construite par qui ?

– Des indigènes. Leur espèce s'est éteinte.

Grâce à l'éclair suivant, Zare découvre qu'ils sont entourés d'édifices sur trois côtés.

Le quatrième est occupé par une grande étendue d'eau sombre au milieu de laquelle se dresse une tour de pierre.

– Qu'est-ce qu'il y a, là-bas ?

– La tour est interdite aux cadets.

– Interdite ? Pourquoi ?

Sans répondre, la droïde accélère le pas sous la pluie déchaînée.

– DDM ? insiste Zare. Je t'ai demandé pourquoi…

– Ne vous approchez pas de la plage. C'est dangereux. Voici votre dortoir.

Zare gravit une volée de marches à la suite de la droïde et pénètre dans un bâtiment. DDM-38 tend le bras. La lumière s'allume et dévoile une longue pièce remplie de couchettes. Des grognements et des protestations se font entendre tandis que des cadets, les yeux plissés, se redressent, groggy.

– Éteins la lumière, je peux me débrouiller ! rouspète Zare, conscient du regard noir que les cadets lui jettent.

Mais DDM-38 l'ignore et s'avance à travers le dortoir.

– Voici votre couchette et votre casier, ainsi qu'un uniforme d'entraînement et un autre de cérémonie, tous deux à votre taille. Le petit déjeuner est à 6 heures.

– Mais je viens à peine d'arriver ! proteste Zare, déconcerté.

C'est la fin de l'après-midi sur Lothal, mais il est déjà 4 heures du matin sur Arkanis.

– Un officier doit être capable de surmonter bien pire que ça, rétorque DDM-38.

Elle tourne les talons et repart vers d'où elle vient, ses pieds métalliques claquant sur le sol de pierre.

Les joues en feu, Zare s'empresse d'aller éteindre la lumière, puis regagne sa couchette dans le noir. Il ouvre son sac, sort une serviette de toilette et se dirige à tâtons vers la salle de bains, faiblement éclairée.

Tandis qu'il se sèche les cheveux avec sa serviette, Zare songe au nombre de cadets qu'il vient de se mettre à dos.

Tu n'es pas ici pour te faire des amis, mais pour retrouver Dhara et la ramener à la maison, se reprend-il aussitôt.

Sa sœur, d'un an son aînée, a intégré l'Académie de Lothal quand Zare était encore à l'École des Sciences Appliquées, mais elle a mystérieusement disparu en cours d'année.

L'Empire prétend qu'elle a déserté, mais lorsqu'il a rejoint à son tour l'Académie, Zare savait déjà que cette version n'était qu'un mensonge. Avec l'aide de sa petite amie, Merei Spanjaf, il a découvert que Dhara avait été kidnappée dans le cadre d'un programme, le projet Récolte, puis conduite sur Arkanis par l'Inquisiteur, un agent impérial impitoyable. Tout cela parce qu'elle est sensible à la Force, une chose dont aucun Leonis ne s'était jamais douté.

Grâce à ses très bons résultats, Zare a réussi à obtenir un transfert sur Arkanis en milieu d'année. Pour s'en assurer, il avait peu avant pris le risque de faire croire à l'Inquisiteur qu'il possédait les mêmes talents que sa sœur. Depuis, Zare est terrifié à l'idée que le Pau'an découvre qu'il lui a menti.

Le jeune garçon retire son uniforme trempé et se frotte vigoureusement avec sa serviette en serrant les dents pour les empêcher de claquer. Dhara est-elle tout près d'ici, à l'Académie ? Il l'ignore et doute que Merei soit capable d'en apprendre davantage. La jeune fille a découvert ce qui était arrivé à Dhara en piratant les bases de données impériales mais, aussi douée soit-elle, certains secrets de l'Empire demeurent impénétrables.

Et puis, de toute façon, Merei et lui, ont rompu juste avant qu'il quitte Lothal. Zare sait que tout est sa faute : l'idée de retrouver sa sœur était devenue une telle obsession qu'il avait cessé de se préoccuper de Merei et des terribles dangers qu'elle courait pour lui. Il n'a pas été là pour la réconforter quand elle en avait le plus besoin.

Et maintenant, il est trop tard. Trop tard pour Merei et moi, et trop tard, peut-être, pour Dhara aussi…

Zare observe son reflet dans le miroir. Il est tellement épuisé que même ses os lui font mal. Il est fatigué, et effrayé à l'idée d'avoir accumulé les erreurs. Quelle folie de perdre Merei, sans parler d'aller sur Arkanis ! Il va se faire attraper tôt ou tard, c'est certain, et sa supercherie sera dévoilée au grand jour.

Il ferait mieux de laisser tomber. C'est sans espoir. Et ce, depuis le début.

Non. Non, c'est faux !

Il se détourne du miroir, déterminé. Il trouvera Dhara coûte que coûte, et peu importe qu'il soit fatigué ou que les chances soient minimes ! Maintenant qu'il est là, autant aller jusqu'au bout.

Il faudrait juste que je sache par où commencer.

Alors qu'il enfile un tee-shirt, un jeune homme entre dans la salle de bains et le salue d'un signe de tête, l'air endormi. Zare estime que ce cadet doit avoir deux ans de plus que lui, soit dix-huit ans environ.

– Alors c'est toi le nouveau, dit le jeune homme en tendant la main. Orman le Hivre.

– Zare Leonis. Désolé d'avoir réveillé tout le monde.

– C'est la faute de DeeDee, pas la tienne, répond le Hivre avec un sourire narquois. Tu ne devrais pas perdre ton temps à te sécher, tu sais. On est continuellement mouillé, sur ce caillou.

– Tu veux dire qu'il pleut tout le temps comme ça ?

– Comme ça, non : ça n'arrive que deux à trois fois par semaine. En général, c'est juste de la bruine. Ou du brouillard. Ou de la neige fondue.

– Génial.

Le visage d'Orman se fend d'un autre sourire.

– Tu ferais mieux de dormir, Leonis. Il y a des exercices de tir réel prévus cet après-midi. Ce serait dommage de te prendre une décharge dans la tête parce que tu es en train de bâiller.

Le petit déjeuner arrive bien trop tôt, et c'est un Zare somnolent qui se fait servir un bol de porridge dans le réfectoire. D'un regard circulaire, il observe les cadets attablés. Ils sont environ soixante-dix, tous vêtus d'uniformes gris ornés d'une bande blanche et chaussés de bottes cirées avec soin.

Il repère le Hivre à une table à moitié vide. Mais lorsqu'il y pose son plateau, un grand silence tombe sur le réfectoire.

– Tu ne peux pas t'asseoir ici ! lui lance un garçon maigrelet à la droite de le Hivre. Tu n'es pas l'un des nôtres.

– Qu'est-ce que ça veut dire ? demande Zare, aussi gêné que perplexe.

– Leonis est nouveau, Rav, intervient le Hivre en souriant à Zare. Mais c'est vrai : tu ne peux pas t'asseoir ici. Tu comprendras bien assez tôt pourquoi.

Zare reprend son plateau, les joues en feu, et traverse le réfectoire en sentant les regards des autres cadets rivés sur lui.

– Hé, toi ! l'interpelle un garçon roux, le nez couvert de taches de rousseur. Tu peux t'asseoir avec nous, si tu veux.

Les amis du garçon lui font de la place, et Zare, reconnaissant, s'assied en saluant chacun d'eux. Le garçon roux s'appelle Penn Zarang. Les autres adolescents se présentent tour à tour : Tigard Manes, Bedal Cerroux, Chan Harra et Anya Razar.

– Tu arrives de quelle planète déjà, Leonis ? l'interroge Penn. D'Andooweel ?

– De Lothal.

– Jamais entendu parler.

– Je ne connaissais pas non plus avant d'y emménager. Et vous, vous venez d'où ?

Zare n'a jamais entendu parler des mondes de deux d'entre eux, mais Bedal Cerroux, un garçon trapu au regard triste, vient d'Eriadu, une planète importante de la Bordure Extérieure. Quant à Anya Razar, une fille dégingandée aux cheveux blond cendré, elle vient de Coruscant.

– Ça doit te changer de chez toi, ici ! commente Zare.

Anya hausse les épaules.

– Il ne me reste plus qu'à terminer l'année. Après, je serai cadet junior sur Raithal.

– Oui, enfin, c'est ce que tu n'arrêtes pas de dire, intervient Tigard, en croisant ses bras musclés. Et si tu te trompais ?

– Tu verras, rétorque Anya. Déjà, je ne resterai plus très longtemps à cette table.

Son regard glisse vers celle où est assis le Hivre.

– Qu'est-ce qu'elle a de si particulier, cette table-là ? interroge Zare.

– C'est la table du commandant, chuchote Penn. Elle est réservée aux Cadets du Commandant.

– Et comment devient-on un Cadet du Commandant ?

La question reste sans réponse. Zare observe chaque cadet, l'un après l'autre.

– Il faut être invité, finit par lâcher Chan, un grand garçon pâle.

– Et mis à l'épreuve, ajoute Bedal.

– Mis à l'épreuve comment ?

Penn s'apprête à répondre, mais Anya intervient :

– Ce n'est pas le genre de choses dont on parle ici. Et puis Penn n'en sait rien, et il ne le saura jamais. Ils n'invitent pas les élèves qui collectionnent les avertissements.

Penn baisse les yeux et fixe son plateau, l'air sombre. Autour d'eux, les cadets se lèvent par groupe de deux ou trois.

– Réveille-toi, cadet Leonis ! lui souffle Anya avec un sourire mi-sympathique, mi-moqueur. Les cours vont commencer.

La pluie a cessé, mais un épais brouillard enveloppe les bâtiments de l'académie. En consultant son datapad, Zare découvre qu'il a cours de Stratégie et Tactique avec le colonel Julyan. Il traverse une pelouse détrempée couverte de mousse vert pâle et entre dans un édifice en pierre.

Chauve et cadavérique, Julyan arbore une grande moustache blanche. Il est assis derrière un pupitre à répulseurs, la partie inférieure de son corps enveloppée dans une couverture noire.

– Installez-vous, cadets ! aboie-t-il en s'élevant dans les airs de façon à dominer ses élèves. La dernière fois que nous avons laissé l'amiral Screed, la marine avait chassé les pirates iska de Fanha avant de les écraser à Tosste. Aujourd'hui, nous allons parler de la bataille d'Ogoth Tiir. Nœud trente-trois dans vos datapads.

Incapable de rester immobile, Julyan se déplace d'un bout à l'autre de la salle tout en donnant son cours. Il aime se servir de représentations holographiques pour illustrer son propos et interroger les cadets pour connaître leur avis sur les décisions prises par les commandants impériaux. Telle stratégie leur semble-t-elle judicieuse ? Qu'auraient-ils fait à leur place ?

Ce cours est plus intense que tout ce que Zare a connu sur Lothal, et il se laisse captiver par la narration volubile du colonel.

– Cadet Horan, c'est la deuxième fois aujourd'hui que vous parlez de leadership, dit Julyan au garçon maigre que Zare a vu à la table du commandant. C'est une qualité importante, nous sommes tous d'accord, et pourtant, nous avons du mal à la définir. Cadet Leonis, j'ai une question pour vous.

– Oui, monsieur ? répond Zare, surpris.

– Vous étiez attaquant central dans l'équipe de grav-ball qui a remporté le championnat de la Ligue. Est-ce exact ?

Zare acquiesce. Il a gagné ce titre avec ses amis, Merei et Beck, lorsqu'il était à l'École des Sciences Appliquées, il y a un peu plus d'un an. Cela lui semble si loin, aujourd'hui !

– Et qu'avez-vous appris à ce poste qui pourrait faire de vous un meilleur officier ?

Zare réfléchit un moment.

– À improviser, monsieur. Aucun plan d'attaque ne peut être suivi à la lettre. Il faut étudier ce qui marche et ce qui ne marche pas. Et s'adapter, toujours s'adapter.

– Comme doit le faire toute équipe qui se respecte, acquiesce Julyan. Et pourquoi certains réussissent quand d'autres échouent ? Allez, cadet Leonis ! D'aucuns diraient que c'est une question facile.

– Avec tout le respect que je vous dois, colonel, je ne pense pas qu'elle le soit.

– Moi non plus, cadet. Mais répondez-y quand même.

– Eh bien, parfois, c'est une question de chance. Ceci dit, la chose la plus importante reste la qualité des joueurs, ainsi que celle du capitaine. En tant qu'attaquant central, je dois faire confiance à mon équipe, mais elle doit aussi croire en mon plan d'attaque.

– Vous avez donc l'âme d'un chef ? Allons, Leonis, la modestie ne sert à rien chez les aspirants officiers !

– Je me suis déjà retrouvé en position de chef, monsieur. Mais ce n'est pas de moi qu'il s'agit ici. Je pense que chacun dans cette pièce a déjà prouvé qu'il ou elle pouvait tenir cette position ; si ce n'était pas le cas, ils ne seraient pas là. L'important, c'est de savoir qui est la meilleure personne pour mettre le plan à exécution, et qu'ensuite tout le monde l'accepte et accomplisse son devoir.

– Bien dit, cadet. Ce qui nous amène au leadership montré par le général Romodi après la bataille d'Ogoth Tiir. Reportez-vous au nœud trente-six et observons ensemble ses initiatives de reconstruction.

Alors que les cadets pianotent sur leurs datapads, Zare voit quelques têtes se tourner dans sa direction. Mais, contrairement à ce matin, elles ne semblent ni le mépriser ni le prendre en pitié. Elles le regardent avec respect : il a passé la première épreuve.

2

L'ACCIDENT

Après le déjeuner, les cadets enfilent leurs casques et leurs armures avant d'embarquer à bord de transports de troupes. Sur Lothal, les instructeurs devaient aboyer sur les élèves pour calmer leur excitation, mais les aspirants officiers d'Arkanis s'installent en silence, visiblement rodés à ce genre d'exercices.

Au bout d'une demi-heure, ils débarquent au milieu de collines verdoyantes parsemées d'arbustes. Une brume moite les enveloppe, et Zare, agacé, retire son casque pour essuyer la condensation qui s'est formée sur la visière.

– Ça, c'est la version ensoleillée d'Arkanis ! lance Penn en souriant. Allez, viens, Leonis ! Notre point de rassemblement se trouve au sommet de cette colline.

Les cadets gravissent la pente d'un pas décidé. Au sommet, des instructeurs les attendent près d'une rangée de créatures insectoïdes. Longues de quatre mètres, elles possèdent deux rangées de pattes de part et d'autre de leur corps, une tête sans yeux et un dard menaçant sur l'arrière-train. Des selles sont sanglées sur leur dos.

Perché sur l'une des bêtes, un instructeur au visage anguleux plante une pique entre les segments de sa monture. L'animal pousse un piaillement et fouette l'air de son dard.

– Première fois sur un diplopode, cadet Leonis ? lui demande l'homme. Je suis le sergent Pocarto. Ne vous en faites pas, ils n'aiment que la viande avariée. Évitez juste de faire des mouvements brusques près de leur dard. Allez, tout le monde en selle !

Un autre officier fait signe à Zare de s'approcher, puis lui tend les rênes d'un diplopode ainsi qu'une pique. D'un geste hésitant, le cadet pose ses mains sur la carapace verte. Il se hisse sur la selle avec une grimace, puis prend la pique que lui tend l'instructeur.

– Donnez-lui un coup de talon du côté où vous voulez aller, lui explique l'instructeur. Pour accélérer, frappez les deux flancs en même temps. S'il fait son ronchon, piquez-le entre les plaques sur la tête. Cette pique est électrique, alors n'en touchez pas l'extrémité.

Zare enfonce ses talons de chaque côté du diplopode, et l'animal se cabre en émettant une sorte de gargouillis guttural. Puis il se met à avancer.

D'un coup de talon, Anya vient se placer à côté de Zare.

– Je suis la chef de ton escouade, Leonis. Notre équipe est composée de cinq personnes : toi, moi, Manes, Harra et Lanier. Harra est un roc, tu peux compter sur elle, mais Manes perd ses moyens sous le feu ennemi et a tendance à oublier l'objectif des missions. On doit tous rester en contact avec lui et lui rappeler régulièrement les points essentiels de la mission.

– Et Lanier ? demande Zare.

– Ne perds pas ton temps avec lui ! répond sèchement Anya. Xan Lanier est le pire cadet de la promo.

– Il doit bien avoir du potentiel, s'il est ici, non ?

– Oublie-le ! Ce problème se résoudra de lui-même. Il est là parce que quelqu'un a dû faire une erreur. Cette académie est pour l'élite, Leonis. Si tu veux en faire partie, surveille tes fréquentations. Ne perds pas ton temps avec des ratés.

Zare s'apprête à répliquer mais il se contente d'acquiescer.

Laisse tomber, songe-t-il. *Tu es ici pour combattre l'Empire, pas pour changer sa façon de sélectionner ses officiers.*

Zare a beau savoir que ce genre d'exercices en situation réelle apprend aux cadets à imposer la volonté de l'Empire par la force armée, il ne peut s'empêcher de trouver ça exaltant. Soudain, le comlink de son casque se met à grésiller au moment où l'une des équipes adverses ouvre le feu sur des cibles au sol, puis des canonnières les survolent en mugissant. La traînée aveuglante d'un missile zèbre le ciel, et le sol est secoué de tremblements lorsqu'une boule de feu jaillit du lieu de l'impact. Les cadets d'Arkanis sont vifs et efficaces, ils se déplacent de façon coordonnée et enchaînent les différentes formations avec l'aisance acquise grâce à un entraînement intensif.

– Resserre la formation, Leonis ! lui ordonne Anya. Tu devrais être cinquante mètres plus haut.

Bien reçu. Quelques difficultés à contrôler mon diplopode.

– Tu t'en sors très bien, pour un premier jour. Sois juste un petit peu plus agressif avec la pique.

Zare aiguillonne sa monture et grimace quand il la sent ruer sous lui. Mais la créature accélère le pas.

– Chef, je suis encerclé ! s'écrie Lanier. Demande de frappe aérienne sur 062-443.

– Demande refusée. Toutes les unités aériennes sont mobilisées, répond Anya. Nous allons devoir continuer sans toi.

– Des unités ennemies s'avancent vers moi ! proteste Lanier.

– Chef, je peux aller prêter main-forte au cadet Lanier, intervient Zare. Nous avancerons ensemble.

– Trop risqué, Leonis. On peut atteindre nos objectifs avec quatre éléments, mais avec trois, ce sera trop juste.

– Mais je vois les unités ennemies ! insiste Zare. Ma zone de tir est dégagée, et je peux les attaquer par le flanc. Ça ne prendra qu'une minute !

Silence. Zare donne un coup sur le côté de son casque dans l'espoir de rétablir la connexion.

– Chef ? Lanier, tu me reçois ? Manes ? Harra ?

Personne ne répond. La communication est coupée.

Que faire ? Anya a-t-elle changé d'avis ?

De toute façon, mieux vaut agir que rester sur place. Zare décide de venir en aide à son camarade. D'un coup de talon, il dirige son diplopode vers la gauche. Il range la pique dans son étui derrière la selle et, serrant les flancs de sa monture avec les genoux, saisit son blaster à deux mains. Devant lui, les instructeurs, qui jouent le rôle de l'ennemi, avancent sur une crête basse jonchée de gros rochers.

Zare se rapproche de vingt mètres et ouvre le feu. Ses décharges orange de faible intensité atteignent un premier instructeur, qui se tourne vers Zare et baisse son blaster. Le cadet touche un second ennemi, et le reste de l'escouade file se mettre à l'abri.

Mais le diplopode reçoit à son tour une décharge et se cabre sous la piqûre. Le pied droit de Zare glisse de l'étrier. Déséquilibré, il tombe de sa monture et atterrit lourdement sur le sol. Soudain, quelque chose se met à siffler au-dessus de sa tête. Le bruit s'intensifie, jusqu'à devenir assourdissant. Zare agrippe son casque et tout devient noir.

Zare cligne des yeux, mais ne voit rien d'autre que du vert à travers ses lentilles.

Confus, il relève sa visière. Ses gants sont couverts d'une matière gluante, et ses mains sont secouées de tremblements. Un martèlement douloureux résonne dans sa tête.

Il se lève et pose une main sur le flanc de son diplopode pour se stabiliser. Mais lorsqu'il regarde sa monture, il suffoque : l'animal a été coupé en deux. À côté de lui, le sol est recouvert de flaques vertes dans lesquelles baignent des monticules de boyaux visqueux, noirs et violets.

Derrière les restes de la créature, un cratère de presque dix mètres de diamètre est apparu. De la fumée émane du trou. Zare jette un œil à l'intérieur, puis détourne aussitôt le regard. Au moins, Lanier n'aura pas souffert. Il a été tué sur le coup.

Le comlink de Zare se rallume. Le canal bruisse de plusieurs voix différentes dont celle d'Anya.

– Leonis ! Au rapport ! Leonis !

– Je suis là. Je vais bien. Mais… il y a eu un accident.

– Lanier ?

– Oui. Il est… il est mort.

– Bien reçu. Ton profil est toujours au vert, en revanche. Alors avance jusqu'à…

– Avance ? répète Zare, abasourdi.

– C'est un exercice réel, Leonis.

Zare n'en revient pas. Un cadet vient de perdre la vie, et ils vont continuer à jouer à la guerre ?

– Ma monture aussi fait partie des victimes.

– Alors avance à pied. Mais il va falloir que tu mettes les gaz.

– Entendu, chef, acquiesce Zare en secouant la tête, sidéré par l'absurdité de la situation.

Il récupère son blaster à moitié enfoui dans les entrailles du diplopode et se met à courir.

Quand Zare rejoint son transport de troupes, les autres cadets s'arrêtent pour le dévisager. Il ne leur en veut pas : son uniforme gris est couvert de matière gluante.

– Heureux de te voir en un seul morceau ! lui lance Pocarto. Mais je pense que cet uniforme est fichu.

– Est-ce que l'enquête aura lieu dès mon retour, monsieur ?

Zare est exténué. Derrière Pocarto, il distingue Anya, qui arrive dans sa direction, son casque sous le bras.

– DeeDee te dira si tu dois apporter plus de précisions sur l'accident, répond l'officier en lui tapotant l'épaule avant de s'éloigner à grands pas.

Zare le regarde partir, puis se tourne vers Anya, qui le dévisage, bras croisés.

– Pourquoi as-tu ignoré mon ordre ?

– Je ne l'ai pas ignoré. Mon comlink s'est éteint, et je n'ai pas entendu ce que tu avais décidé. Il fallait que j'agisse.

Anya le fixe du regard, le visage fermé, avant d'acquiescer.

– D'accord. Ne t'en fais pas pour l'enquête. Il n'y en aura pas.

– Mais est-ce qu'il ne vaut mieux pas savoir ce qui a mal tourné ?

– On le sait déjà. Le copilote d'une canonnière a interverti les coordonnées de Lanier avec celles de la frappe. Aucun de nous n'est responsable.

Zare la dévisage.

– Qu'est-ce que ça change, qu'aucun de nous ne soit responsable ? Un de nos camarades vient de mourir !

– Des erreurs, ça arrive, en temps de guerre, répond Anya sur un ton nonchalant. Et il y a toujours des victimes collatérales. En attendant, notre classe en sort renforcée.

Plus tard cette nuit-là, Zare quitte la salle de bains lorsqu'il tombe nez à nez avec une douzaine de cadets casqués et vêtus de leurs uniformes d'entraînement. Au milieu d'eux se tient Anya, la tête nue et les yeux bouffis de sommeil.

Zare fait un pas en avant, craignant que sa chef d'escouade ne soit punie pour l'accident de l'entraînement, mais il se fait intercepter par l'un des cadets.

– Occupe-toi de tes affaires, Leonis, lui dit-il d'une voix métallique.

– Ça va aller, Zare, le rassure Anya. Va te recoucher.

Zare s'écarte pour laisser passer les cadets. Mais il est hors de question pour lui de retourner dormir. Il regagne sa couchette en vitesse, attrape son uniforme de rechange et file dans le couloir, ses bottes à la main. À l'entrée du dortoir, il met ses chaussures et se glisse dehors sous la bruine fraîche. De l'autre côté de la pelouse se dessinent les formes pâles des cadets.

Zare s'élance à leur suite. Les cadets se dirigent vers la falaise, puis descendent le sentier qui mène à la plage.

La tour. Ils vont à la tour.

Sur la plage, une lumière apparaît dans l'obscurité, illuminant brièvement les premiers mètres du ponton qui conduit à la tour. Elle tourbillonne dans les ténèbres dans une gerbe d'étincelles vertes. Puis deux autres de ces étranges fusées sont lancées et retombent dans l'eau en pétillant. Le vent tourne, et une odeur âcre parvient jusqu'à Zare.

En contrebas, les cadets traversent la plage, puis s'engagent sur le ponton.

Zare doit retenir un cri lorsqu'il sent une main froide et ferme lui saisir l'épaule.

– Les cadets n'ont pas le droit de sortir de leur dortoir la nuit, récite DeeDee.

– Ils ont emmené le cadet Razar, se défend Zare. J'ai peur qu'elle ait des problèmes !

– Les cadets n'ont pas le droit de sortir de leur dortoir la nuit. Vous allez recevoir une sanction.

Zare regarde une dernière fois en direction de la tour, puis suit à contrecœur DeeDee jusqu'au dortoir.

Le lendemain matin, Anya est assise à la table du commandant.

TROOPERS

Chapitre 3

LE COMMANDANT HUX

La sanction de Zare apparaît sur son datapad dès le lendemain : il est chargé de nettoyer l'écurie des diplopodes deux fois par semaine après le dîner. Rien de plus. On ne lui demande même pas de justifier sa sortie du dortoir. Aucun signe non plus d'enquête sur l'accident qui a coûté la vie à Xan Lanier. L'Académie reprend sa routine comme si le pauvre garçon n'avait jamais existé.

Quant aux Cadets du Commandant, Zare ne cesse de repérer des signes d'interactions entre eux, et ce, même en dehors des repas. Il n'est pas rare, par exemple, que trois ou quatre se réunissent sur la pelouse entre deux cours pour discuter à voix basse, ou encore, lorsque l'un d'eux répond à une question du colonel Julyan, qu'un autre prenne la parole pour soutenir son camarade.

Deux jours après la mort de Lanier, au cours d'une leçon sur les opérations anti-insurrectionnelles, le colonel Julyan se met à énumérer une liste de tactiques employées par les insurgés à travers la galaxie. Il évoque notamment la formation et la coordination de cellules, ainsi que la transmission de messages secrets. Le regard de Zare se tourne aussitôt vers Anya, puis glisse vers le Hivre et Rav Horan.

Les Cadets du Commandant fonctionnent comme une cellule, une sorte d'académie secrète. Mais dans quel but ?

Alors que Julyan leur explique en détail les techniques de recrutement des insurgés, Zare repense à Beck Ollet. C'est après avoir vu des stormtroopers tirer sur une manifestation pacifique de fermiers que son ami a décidé de rejoindre une cellule de résistance. Mais il s'est fait rapidement capturer. Beck n'est pas le seul à avoir essayé de résister à l'Empire. À l'Académie de Lothal, Zare est devenu ami avec Dev Morgan, un cadet qui s'est révélé faire partie d'un groupe de rebelles, lui aussi.

Il se demande si les insurgés comme Beck et Dev utilisent les techniques citées par Julyan. Les deux cellules se connaissent-elles ? Essaient-elles de développer un mouvement anti-impérial plus large ? Ou ont-elles été créées à l'improviste par des gens qui ignorent que la machine de guerre de l'Empire est impossible à renverser ?

Mais peut-être que le seul moyen de réaliser l'impossible consiste justement à ne pas savoir que ça l'est…

Lorsqu'ils émergent de leurs transports de troupes après l'entraînement de l'après-midi, les cadets ont la surprise de voir un rayon de soleil pointer à travers les gros nuages gris. Certains cadets saluent le phénomène avec des applaudissements sarcastiques.

– Cadets ! aboie Pocarto. Le commandant convoque une assemblée dans vingt minutes ! Uniformes noirs et sabres de cérémonie de rigueur !

– C'est ce qui se passe chaque fois qu'il fait beau ? demande Zare à Rav Horan, qui éclate de rire et lui donne une tape amicale dans le dos.

Quinze minutes plus tard, tous les cadets se tiennent debout sur la pelouse, douchés et vêtus de l'uniforme traditionnel de l'Académie. Pocarto marche lentement au milieu d'eux. Le sergent s'arrête devant Zare. Il inspecte ses bottes, ses épaulettes, et lui ordonne de présenter son sabre. L'officier fait glisser son doigt ganté de blanc sur le métal étincelant, puis il hoche la tête.

– Tu as été bien entraîné, Leonis ! conclut-il, tandis que Zare remercie silencieusement Chiron et Currahee.

Soudain, un *bang* sonique retentit, et tous les cadets lèvent les yeux vers le ciel. Une navette impériale aux ailes de chauve-souris émerge des nuages. Mais au lieu d'atterrir sur la plateforme au milieu de la pelouse, elle se pose en haut de la tour.

– Tiens, un gros bonnet vient nous rendre visite ! chuchote Penn, debout à côté de Zare. Il faut être sacrément haut placé pour obtenir l'autorisation d'atterrir au sommet de la Zone Néant.

– C'est comme ça qu'on appelle cet endroit ? La Zone Néant ?

Penn hoche la tête.

– Mais qu'est-ce qu'il y a, dans cette tour ?

– Des programmes secrets, il paraît. Ceux qui savent n'en parlent pas. Mais si on écoutait toutes les rumeurs, on pourrait croire que le trône de l'Empereur lui-même est là-dedans !

Alors que les cadets traversent la pelouse en ordre serré, Zare garde les yeux rivés sur la flèche noire de la tour. Sa sœur est à l'intérieur, il en est certain. Et le seul moyen qu'il connaît pour y entrer, c'est devenir un Cadet du Commandant.

L'antique salle de réception est dotée d'un plafond en pierre soutenu par des poutres de bois noir. Les cadets entrent un à un et vont se ranger en lignes parfaites devant les longues tables dressées dans la pièce. Une autre, plus petite, est perchée sur une estrade. Une seule personne y est assise : un homme trapu aux cheveux roux, aux tempes grises et aux yeux bleus perçants.

– Présentez… armes ! crie Pocarto.

Zare tire son sabre de cérémonie, le tend vers le sol pointe en avant, le relève en travers de sa poitrine, puis pose la lame sur son épaulette.

– Repos, cadets ! ordonne le commandant Hux.

Ce soir, les Cadets du Commandant n'ont pas de table attitrée, remarque Zare. Ils se sont fondus dans la masse.

Un murmure se met à courir parmi les jeunes gens attablés. Ils tendent le cou et se donnent des coups de coude. Zare suit leurs regards et se fige sur place.

DeeDee guide l'Inquisiteur à travers la salle de réception. Le Pau'an au teint gris se dirige vers l'estrade et s'assoit à quelques chaises du commandant.

Hux lui adresse un signe de tête et quelques mots. L'Inquisiteur répond par un sourire carnassier. Le commandant parle encore, lève un doigt comme pour appuyer son discours, et le Pau'an le fusille du regard. Zare réalise qu'ils sont en train de se disputer. Il sait qu'il devrait détourner le regard, mais c'est plus fort que lui. L'Inquisiteur est-il là pour lui ? Pour Dhara ?

Peut-être que ça n'a rien à voir. Ne sois pas si parano.

Pourtant, quelques instants plus tard, le regard ardent de l'Inquisiteur se pose sur Zare, et il sourit de nouveau.

Le cadet détourne les yeux et se force à manger. Mais la nourriture qu'il avale n'a aucun goût. Plus rien n'existe autour de lui, à l'exception de cet individu qui a kidnappé, si ce n'est tué, sa sœur.

À la fin du repas, DeeDee descend de l'estrade et traverse la salle pour s'arrêter devant Zare.

– Notre invité réclame votre présence sur le balcon du commandant.

Les cadets assis autour de Zare le fixent, bouche bée.

– Je… je ne sais pas où se trouve ce balcon, balbutie-t-il.

– Je vais vous y conduire.

Zare gravit une volée de marches étroites à la suite de la droïde.

L'Inquisiteur est déjà là, debout devant un parapet surplombant le domaine. Il pleut encore, mais l'agent impérial reste au sec grâce à un champ de stase projeté depuis le mur.

– Bienvenue, cadet Leonis, susurre-t-il. Viens donc te protéger de la pluie.

DeeDee les laisse seuls et Zare traverse le balcon à contrecœur pour rejoindre le Pau'an. Au-dessus d'eux, la pluie rebondit sur le cône du champ de stase.

– J'ai appris que tu as tenté de pénétrer dans la Zone Néant, déclare l'Inquisiteur en le fixant droit dans les yeux. Dis-moi pourquoi tu étais là-bas.

– Je… j'ai cru que ma camarade était en danger. J'ai voulu aller l'aider.

Les yeux du Pau'an se mettent à flamboyer.

– Ne t'avise pas de me mentir ! Le commandant Hux croit savoir pourquoi tu voulais entrer dans la tour. J'ai, moi aussi, ma petite idée. Que faisais-tu là-bas, cadet ? As-tu senti quelque chose ?

– Euh…oui. Il… il y a quelque chose dans cette tour que je suis censé retrouver. Mais j'ignore ce que c'est.

Zare se demande s'il a bien répondu ou si ce nouveau mensonge est celui de trop. Il joue encore avec le feu en feignant de ressentir la Force.

– Dev Morgan t'a-t-il parlé de la tour quand vous étiez sur Lothal ? Ou du projet Récolte ?

– Non, répond Zare en essayant de prendre un air perplexe.

L'Inquisiteur se penche brusquement vers le cadet.

– Ça suffit, maintenant ! siffle-t-il.

D'instinct, Zare s'écarte du champ de stase. La pluie glacée qui coule dans son cou le fait sursauter, tout comme la vision de DeeDee en haut de l'escalier.

– Monsieur, dit-elle à l'Inquisiteur, j'ai un message crypté à vous remettre de toute urgence. En provenance de Lothal.

Les yeux du Pau'an dévisagent DeeDee, puis se reportent sur Zare. L'air renfrogné, il parvient à reprendre son calme et place les mains derrière son dos.

– Cela n'a pas d'importance. Bientôt, j'aurai la peau de Morgan et de sa pitoyable bande. Et la vérité éclatera au grand jour, cadet Leonis, que tu le veuilles ou non.

Et, tournant les talons, il s'éloigne à grands pas.

Chapitre 4

SCAPARUS

– Cadet Leonis ! Êtes-vous sur la même planète que nous ?

Zare sursaute et lève les yeux. Le colonel Julyan le toise depuis son pupitre volant.

– Non, monsieur. Pardonnez-moi. Pourriez-vous répéter la question, monsieur ?

Des ricanements s'élèvent de la classe.

– Qu'aurait pu faire la marine impériale pour empêcher les corsaires de capturer des pèlerins dans la Nébuleuse métharienne ?

Heureusement, Zare a justement passé plus d'une heure la veille à étudier ce cas précis. C'est exactement le type de mission dont il rêvait plus jeune : protéger des civils innocents d'un groupe sans foi ni loi.

Le visage du colonel reprend quelques couleurs quand Zare énumère les différentes solutions envisageables, et avant que le garçon termine, Julyan a déjà traversé la pièce pour dessiner un schéma sur l'écran holographique.

Zare pousse un soupir de soulagement, puis s'efforce d'accorder plus d'attention aux propos de son professeur. Depuis le départ de l'Inquisiteur, il n'a cessé d'observer les Cadets du Commandant et de surveiller le ciel pour guetter le retour du Pau'an.

Mais aucune de ces deux activités ne s'est avérée productive. Il ne peut pas contrôler le moment où l'Inquisiteur reviendra. La seule chose que Zare peut faire, c'est essayer de gagner une place au sein de la société secrète du commandant. Et pour cela, il faut qu'il soit attentif en classe et sur le terrain.

Trois jours après le départ de l'Inquisiteur, les cadets se voient offrir une après-midi de quartier libre. Sur la plage, Zare observe un étrange nœud d'algues noires qui flotte quand il entend Penn l'appeler.

– Je vais au port de Scaparus ! lui lance-t-il. Tu veux venir ?

– Qu'est-ce que c'est ?

– C'est à deux klicks d'ici en remontant la côte. On ne peut pas vraiment appeler ça une ville, mais c'est le seul endroit où il y a des choses à faire dans le coin.

Zare hoche la tête en haussant les épaules. Penn a beau être un des « ratés » qu'Anya lui conseille d'éviter, il est l'un des seuls cadets d'Arkanis à être gentils avec lui.

Ils vont chercher deux diplopodes à l'écurie, se hissent sur les créatures disgracieuses et s'engagent sur le chemin qui longe la falaise.

– Alors, pourquoi as-tu voulu rejoindre l'Empire ? lui demande Penn.

– Pour faire de la galaxie un monde meilleur, répond Zare en se retenant d'esquisser un sourire amer.

– C'est ce que je désire moi aussi. J'ai grandi dans la Station Syngia, dans le secteur Sertar. C'est tout petit. Mes parents y dirigeaient un entrepôt.

– C'était un territoire dangereux, sous la République.

– Et ça l'est toujours. Mes parents ne faisaient pas de politique. Ils trouvaient ça trop compliqué. Un jour, un groupe d'esclavagistes zygerriens s'est amarré à la station pour procéder à des réparations d'urgence sur son hyperpropulsion. Personne n'a eu vraiment le choix, mais nous pensions que tout irait bien ; les esclavagistes ont même payé pour le dépannage. Mais le matin de leur départ, ils ont finalement décidé qu'ils ne pouvaient pas laisser de témoins. Ils ont emporté tous ceux qui pouvaient avoir de la valeur et ont tué les autres. Moi, j'ai réussi à me cacher dans un conduit de maintenance.

– Et tes parents ? demande Zare d'une voix douce.

– J'ai appris que ma mère était morte en route pour Zygerria. Mon père n'est pas allé aussi loin. Ils ont jugé qu'il était trop vieux. Je n'ai rien pu faire d'autre que de rester caché.

– Je suis désolé, Penn.

– Merci, Zare. Mes parents auraient eu besoin d'un gouvernement doté d'une force militaire pour les protéger. L'Empire n'était alors pas assez puissant dans un coin aussi reculé de la Bordure Extérieure, mais je compte bien œuvrer pour que ce genre de situation ne se reproduise plus.

Zare regarde Penn. Il espère que son camarade aura l'opportunité de débarrasser la galaxie des pirates et des esclavagistes. Mais que fera-t-il si on lui ordonne d'arrêter des manifestants pacifiques, de chasser des fermiers de chez eux ou de retirer des enfants à leurs parents ?

Scaparus est niché dans un trou au milieu d'une falaise, et ses maisons de pierre sont couronnées de mousse jaune et verte. Les habitants portent des bottes montantes ainsi que des vêtements décolorés par le sel. Zare remarque que presque tous portent la marque de blessures effrayantes : un avant-bras artificiel, des grosses traces de ventouses dans le cou, un œil manquant…

– La pêche est une activité dangereuse sur Arkanis, chuchote Penn à Zare.

Il y a deux sortes de magasins en ville : ceux qui approvisionnent les pêcheurs et ceux destinés aux cadets. Des panneaux holographiques promettent bonbons, caf autochauffant, lainages et autres commodités. Et presque chaque boutique se vante d'avoir une cabine de communication privée.

– Il n'y a pas de box d'appel à l'Académie ? s'étonne Zare en confiant les rênes de son diplopode à un alien au regard triste.

– Si, mais Hux considère tout contact avec l'extérieur comme un frein à une éducation militaire réussie, alors on n'a droit qu'à une séance de quinze minutes par mois. Et il semblerait que DeeDee enregistre et écoute les communications. Donc les cadets viennent ici. Si tu veux appeler quelqu'un, va chez

Jasko, il est juste au bout de cette rue. C'est le seul qui serve un caf décent.

Les deux cadets se séparent. Zare traverse un marché lugubre où les commerçants se blottissent sous des auvents ruisselants. Il longe les étalages de poissons fumés et de crustacés difformes, puis s'apprête à faire demi-tour quand une tache d'un violet éclatant attire son attention. L'un des marchands vend des fruits de jogan !

Zare en achète un dont la tige porte encore quelques fleurs. Il respire leur parfum et se retrouve aussitôt emporté dans les vergers de Beck Ollet sur Lothal.

Il décide finalement d'aller chez Jasko pour contacter ses parents.

– Ça vous rappelle des souvenirs, jeune maître ? lui demande la vieille marchande de fruits.

– Ça me rappelle des amis, répond Zare dans un sourire.

Les photorécepteurs de Tante Nags sont rouges quand elle répond à l'appel.

– Zare Leonis ! s'exclame la vieille gouvernante droïde. C'est le milieu de la nuit ! En général, les gens n'appellent pas après…

– Moi aussi, je suis ravi de te voir, Nags, l'interrompt Zare en souriant. L'heure n'est pas la même sur Arkanis. Et l'occasion d'appeler ne se présente pas souvent.

– J'entends ta mère qui se réveille, donc j'imagine que le mal est fait, grommelle Nags.

Tepha se penche devant l'écran de communication, les yeux rougis. Elle fait coucou de la main devant la caméra, et Zare l'imite, gagné par l'émotion.

– Oh, Zare, je suis tellement soulagée ! s'exclame-t-elle.

Le cadet comprend tout de suite que quelque chose de grave est arrivé.

– Maman, qu'est-ce qui ne va pas ?

À ce moment-là, Tepha tourne la tête, et Zare entend son père approcher. Sa mère se mord la lèvre et se décale pour partager le terminal avec Leo.

– Mon fils ! s'exclame-t-il. Comment ça se passe sur Arkanis ? Je m'y suis rendu une fois pour le travail : il n'y a pas pire climat dans toute la Bordure Extérieure !

Zare sourit, acquiesce et discute quelques instants avec son père du temps d'Arkanis.

Bien que dénuée d'intérêt, la conversation rassure le cadet. Quel que soit le problème qui perturbe sa mère, cela ne concerne pas directement ses parents. Alors que Leo se lance dans une diatribe sur l'absence de fermeté de divers ministres, Zare adresse un petit sourire à sa mère. Contrairement à Leo, Tepha sait que l'Empire a menti à propos de Dhara et elle sait aussi que Zare a intégré l'Académie impériale sous de faux prétextes. Mais elle ne peut rien dire devant son mari.

Finalement, Zare les informe qu'il doit filer car les transmissions longue distance coûtent une fortune. Ils se disent au revoir, puis Tepha s'approche de l'écran.

– Tu devrais parler à Merei, lui chuchote-t-elle.

Zare grimace au souvenir de la façon dont les choses se sont terminées avec la jeune fille. Il aimerait avoir une machine à remonter le temps, mais ce n'est pas le cas, et ce n'est pas une communication depuis Arkanis au milieu de la nuit qui va changer quoi que ce soit.

– C'est important, Zare, insiste sa mère. Appelle Merei. Maintenant.

Tepha lui dit au revoir de la main, et l'écran devient noir.

Quand Merei répond à la communication, elle a l'air aussi inquiète que Tepha.

– Où es-tu ?

– Sur Arkanis. Mais pas à l'Académie. Dans un centre de comm privé.

– Est-ce que la ligne est sécurisée ?

– D'après les cadets, c'est fiable.

Il sourit en la voyant soupeser un instant cette information.

– J'ai découvert des choses, finit-elle par murmurer en se penchant vers son datapad. Ton transfert à Arkanis n'était pas une promotion, en fait. L'Inquisiteur l'a ordonné lui-même, dans le cadre de son enquête sur Dev Morgan et du projet Récolte.

Zare hoche la tête. C'est donc cela qui inquiétait sa mère à ce point.

– C'est ce que j'ai fini par comprendre, moi aussi. L'Inquisiteur est passé. Il m'a parlé.

– Comment ça ? Quand ?

– Il y a trois jours. Mais il a été rappelé en urgence sur Lothal. Merei… Je sais où ils ont enfermé Dhara. Elle est dans une tour, dans une partie de l'Académie appelée Zone Néant. Vu que tu as accès au réseau impérial, j'espérais que tu pourrais…

Il s'arrête en voyant Merei secouer la tête, manifestement terrorisée.

– Mon accès au réseau ne servira pas à grand-chose en dehors de Lothal. Ça risquerait d'éveiller des soupçons et…

– D'accord, je comprends. Laisse tomber.

Sa réponse paraît beaucoup plus sèche qu'il ne le voudrait.

– Je veux dire : ne t'en fais pas, se reprend-il. Tout va bien se passer, Merei.

– Tu n'en sais rien. Comment pourrais-tu le savoir ?

Zare ne répond pas, et tous deux se regardent fébrilement pendant un moment.

– Bon, dit-il, je pense que je ferais mieux…

Mais Merei entame une phrase au même moment. Ils s'arrêtent tous les deux, attendant que l'autre continue sur sa lancée.

– Vas-y d'abord, propose Zare. Qu'est-ce que tu allais dire ?

– C'est peut-être idiot. J'allais te demander si tu te souvenais de l'odeur des pétales de jogan, la nuit où Beck nous a emmenés dans les Westhills.

– Oui. Bien sûr que je m'en souviens. C'est marrant… Pourquoi tu me demandes ça ?

Merei hésite, puis esquisse un sourire en coin.

– C'est une longue histoire. Un poète m'en a parlé.

Un poète ? Zare a envie de rire, mais il se retient.

– Pourquoi as-tu dit « c'est marrant » ? poursuit Merei.

– Parce que je viens d'acheter un fruit de jogan au marché ! Et ça m'a rappelé cette nuit-là.

Merei lui sourit. Ses yeux se remplissent de larmes. Elle les essuie à la hâte, l'air gêné.

– J'aimerais pouvoir t'aider davantage, Zare. C'est juste que… L'Empire est à l'affût. On dirait qu'ils sont devenus fous. Ils font des enquêtes sur tout et tout le monde.

– Je suis là où je dois être, répond-il pour la réconforter. Je suis tout proche du but, Merei !

Mais la jeune fille semble encore plus angoissée.

– Tu es là-bas parce qu'ils veulent que tu y sois ! L'Inquisiteur a tout orchestré. C'est pour ça qu'il faut que tu t'enfuies, Zare. Pars d'Arkanis et fuis aussi loin que tu le pourras. Avant qu'il ne revienne.

– Et abandonner Dhara ?

Merei le regarde, impuissante, et baisse la tête.

TROOPERS

Chapitre 5

L'ÉPREUVE DE SIRPAR

Deux jours après la sortie à Scaparus, DeeDee débarque dans la caserne peu avant l'heure du dîner.

– Tous les cadets doivent se rendre au bord de la falaise, sur ordre du commandant !

Les élèves s'exécutent et retrouvent Hux debout dans le vent, le regard plongé dans la mer gris acier, son uniforme recouvert d'un long ciré.

– Repos, cadets, dit-il pour les accueillir. Nous avons un jeune nerf qui se dirige vers la plage.

Zare regarde Penn, l'air interrogateur. Son camarade hausse discrètement les épaules.

– Suivez-moi ! ordonne Hux avant de se fendre d'un grand sourire. Nous ne dirons rien à DeeDee.

Les cadets descendent l'escalier de pierre à la suite du commandant. Hux s'arrête sur un palier à mi-chemin et pointe du doigt un endroit sur la plage rocailleuse. Zare a repéré le nerf, à présent : la créature brune au poil hirsute descend nerveusement les dernières marches menant à la plage.

– Nos nerfs sont très utiles pour tondre les pelouses, explique le commandant. Malheureusement, ils viennent ici chercher du sel… parce qu'ils sont incapables d'anticiper le danger.

Zare observe l'animal qui renifle les rochers et sort sa longue langue rose pour les lécher. L'un des cadets remarque quelque chose non loin du rivage. Une longue masse noire est dressée hors de l'eau, immobile.

– Qu'est-ce que c'est ? demande Zare.

– Un pédoncule oculaire, répond Rav Horan.

Puis ce que Zare avait pris à tort pour des algues noires se met brusquement en mouvement et s'enroule autour du nerf. L'animal pousse un bêlement de terreur tandis qu'il se fait happer dans l'eau. Des tentacules à ventouses, rattachés à une grosse masse sombre, surmontée par le pédoncule, émergent des vagues. Puis une gueule béante s'ouvre dans un grognement. Enfin, le nerf, les tentacules et le pédoncule oculaire disparaissent sous la surface, laissant derrière eux une nappe rouge qui se dilue rapidement.

– Voilà pourquoi les sports aquatiques ne sont pas au programme ! lance Rav, pour amuser ses camarades.

Hux se retourne vers les cadets et s'adosse au balcon.

– Alors, jeunes gens : quand on vit près d'une plage comme celle-ci, comment empêcher que son troupeau se fasse décimer ?

Tigard Manes lève aussitôt la main et, d'un signe de tête, Hux l'invite à répondre.

– J'installe une barrière, monsieur !

Des gloussements s'élèvent parmi ses camarades.

– Très pratique, commente Hux en dévisageant Zare. Car ça permet aussi de barrer la route aux curieux.

Le commandant se fend d'un large sourire et Zare s'efforce d'acquiescer.

– Mais le problème des barrières, c'est qu'elles retardent ceux qui ont des choses à faire de l'autre côté. Et puis on ne peut pas s'isoler de tous les dangers de la galaxie. Alors, qui a une autre idée ?

Divers cadets suggèrent de surveiller la plage avec des drones, d'installer un champ électrique…

Puis le Hivre lève la main.

– Si on lui en laisse le temps, la nature réglera ce problème toute seule.

– Intéressant, cadet. Développez.

– Certains nerfs raffolent du sel, d'autres moins. Les premiers ont plus de chances de se faire manger et donc moins de chances de se reproduire. D'ici quelques générations, il ne restera plus que des troupeaux de nerfs qui n'aimeront pas le sel. Ils n'iront plus à la plage en chercher et ne se feront plus dévorer.

Hux se frotte le menton un instant.

– J'aime cette réponse, cadet, conclut-il, et le visage du garçon s'illumine. Mais supposons qu'on souhaite intervenir plus vite.

Zare lève la main et Hux lui donne la parole.

– On pourrait acheter du sel, monsieur, et en donner à nos nerfs.

Hux penche la tête sur le côté et plisse les yeux.

– Donc vous encourageriez leur faiblesse ? Vous croyez vraiment que c'est la bonne méthode pour créer un troupeau résistant, cadet ?

– C'est toujours mieux qu'un troupeau décimé, monsieur.

Hux sourit.

– Je vous accorde ce point, cadet. Bon, on peut décider de dépenser ou non ses crédits en achetant du sel, mais selon moi, la vraie solution, c'est le dressage. Apprenez à vos nerfs que la plage signifie la mort. Punissez-les quand ils s'en approchent pour éviter que quelque chose d'autre le fasse à votre place.

C'est au tour d'Anya de lever la main.

– La dernière tâche qu'on m'a attribuée consistait à s'occuper de nos nerfs, monsieur. Seuls les plus jeunes adorent le sel.

– C'est vrai, confirme Hux. C'est pour cela qu'il faut les dresser dès le début. Inutile d'attendre l'âge adulte, surtout s'ils meurent avant.

Le commandant frappe dans ses mains.

– Bon, il y a matière à réflexion. En tout cas, vous vous en êtes bien sortis, vous êtes maintenant prêts à passer au véritable test : les manœuvres sur Sirpar commencent dès demain matin. À voir vos expressions, je constate que certains ont déjà entendu parler de cette planète. Quant aux autres, sachez ceci : Sirpar est le creuset dans lequel plus d'un officier a été modelé… ou brisé.

Comme la gravité de Sirpar est nettement plus forte que la moyenne, le moindre geste – qu'il s'agisse de marcher ou de lever son blaster – se transforme en supplice. De plus, le soleil est si intense qu'on a distribué des lunettes polarisantes aux cadets dès leur sortie du vaisseau.

Les instructeurs responsables des élèves pour les trois jours à venir sont des natifs de race humaine, mais dotés, à cause des conditions de vie sur Sirpar, d'une masse de muscles impressionnante. Nul besoin pour eux d'aboyer leurs ordres : les cadets les observent attentivement et s'empressent de leur obéir au doigt et à l'œil.

Alors qu'ils sont occupés à ranger le matériel, le Hivre se présente devant Zare, un insigne de commandant épinglé sur sa poitrine.

– Le bataillon rouge est sous mes ordres ; le bleu, sous ceux de Rav. Toi, Leonis, tu diriges le peloton Cresh-3. Le cadet Cerroux sera ton sergent-major, et la compagnie Cresh est placée sous le commandement d'Anya.

Zare acquiesce, l'esprit en ébullition pour se remémorer la hiérarchie militaire impériale : *Huit soldats et un sergent forment une escouade* ; *quatre escouades font un peloton* ; *quatre pelotons forment une compagnie et quatre compagnies, font un bataillon.* Si deux bataillons sont prévus, c'est qu'il doit y avoir beaucoup plus de personnel militaire que les seuls cadets d'Arkanis.

– Qui sont les troupes, alors ?

– Des unités de stormtroopers venues pour s'entraîner.

– Et ils vont obéir à des ordres donnés par des cadets ?

– C'est le principe de la discipline : pour eux, nous sommes des officiers. Alors joue ton rôle, *lieutenant* Leonis.

Tandis qu'il épingle son insigne sur son uniforme, Zare repense à son voisin, Ames Bunkle. La dernière fois qu'il l'a vu, le garçon se souvenait à peine de son prénom ; il se contentait de répéter son matricule comme un automate.

Ce souvenir amène Zare à se poser des questions sur les soldats qu'il s'apprête à commander. Est-ce vraiment par discipline qu'ils se laissent diriger par des adolescents ? Ou subissent-ils un matraquage mental qui les pousse à obéir aveuglément à l'Empire ?

Après deux jours sur Sirpar, Zare se sent plus épuisé que jamais. Toutefois, son peloton s'en sort plutôt bien. Bien que ses soldats aient une bonne dizaine d'années de plus que lui, ils lui obéissent sur-le-champ et savent se battre.

Le troisième jour, Zare accompagne l'une des escouades de son peloton, chargée de servir d'unité d'artillerie. Ensemble, ils se postent sur une crête et se cachent dans le feuillage bleu pâle qui leur arrive aux genoux. De là-haut, Zare observe les plaines avec ses électrobinoculaires pour repérer le site ennemi que sa compagnie, dirigée par Anya, est censée prendre d'assaut. Ce simple geste lui arrache une grimace de douleur.

– Nouveau tir de barrage avec des missiles pénétrants, ordonne Zare après avoir vérifié les positions de ses autres escouades.

– Obus pénétrant, bien compris, chef ! crie le soldat à côté de lui. Ça va péter !

Tous plongent à couvert tandis que le lance-missiles crache un projectile vers le ciel. Zare porte de nouveau les électrobinoculaires à ses yeux et observe le bunker en contrebas. Le missile explose à quelques mètres au-dessus du bâtiment. Lors des entraînements, les Impériaux utilise des ogives programmées pour se désintégrer avant d'atteindre leur cible.

Ou du moins, c'est ce qu'ils sont censés faire, songe Zare en repensant au pauvre Xan Lanier.

– Tir parfait, déclare-t-il en attendant que l'un des instructeurs estime les dégâts qu'un vrai missile aurait causés.

Mais l'évaluation qu'il entend grésiller dans son comlink lui fait froncer les sourcils.

– La cible est mieux protégée que prévu, indique-t-il à son escouade. On les a tout de même affaiblis, alors…

– J'ai des canonnières en approche ! hurle Cerroux.

– À couvert ! ordonne Zare à ses soldats. Planquez le lance-missiles !

Ses épaules et ses jambes lui lancent des signaux de détresse tandis qu'il rampe à travers la colline pour aller se jeter dans l'une des tranchées exiguës que ses hommes ont creusées le matin même. Ébloui par le soleil, il plisse les yeux pour essayer de repérer les canonnières au-dessus de sa tête. Mais avant d'avoir pu discerner quoi que ce soit, une lumière d'un blanc éclatant enflamme le ciel. Quand Zare rouvre les yeux, il voit des points violets danser devant lui.

– Rouge-Cresh-3-1 ! Ici, Central, entend-il dans son oreille. Vous n'avez subi aucune perte, mais cette bombe à électroprotons a grillé vos communications et votre lance-missiles.

– Bien reçu, Central, répond Zare avec tristesse.

D'un regard circulaire, il repère le lance-missiles, à moitié enfoncé dans l'une des tranchées. L'artilleur n'a manifestement pas eu le temps de protéger l'arme.

– Il s'est empêtré dans les taillis, chef, s'excuse-t-il.

Clignant toujours des yeux pour chasser les taches, Zare observe le bunker en contrebas. Il en vient presque à regretter que son escouade ne compte aucune victime. Cela aurait été un échec mais, au moins, ses camarades et lui auraient pu s'allonger au fond des tranchées en attendant l'exercice suivant.

Mais ce n'est pas le cas, cadet. Alors concentre-toi sur ce que tu peux encore faire.

– Soldat, votre équipement est-il toujours opérationnel ?

– Le lance-missiles est grillé, chef.

– Je sais bien. Je parle des projectiles.

– Ils sont intacts, chef. Mais nous n'avons aucun moyen de les lancer. À moins de les porter nous-mêmes jusque là-bas.

Zare hoche la tête.

– C'est exactement ce que nous allons faire. Escouade, en formation de tirailleurs ! Répartissez-vous les obus. Bedal, utilisez votre lampe pour prévenir le capitaine Razar de notre plan. Puis faites signe aux autres escouades.

Cerroux le regarde, éberlué.

– Notre mission est d'occuper *cette* position.

– Sans artillerie, *cette* position est inutile, lâche Zare d'un ton sec. Notre cible est en bas. Et c'est donc en bas que nos missiles doivent aller.

– Ils vont nous cueillir comme des nerfs, proteste Cerroux. Ça va réduire notre score.

– La compagnie va atteindre ses objectifs, c'est la seule chose qui importe, cadet !

Cerroux fixe la lampe à son blaster et la fait clignoter pour envoyer le message. Zare espère juste qu'Anya et les autres escouades le verront.

Une fois les signaux envoyés, Zare fourre un missile dans son sac à dos et se redresse en serrant les dents, foudroyé par des élancements dans ses épaules et ses jambes.

– Le bunker est à un peu moins d'un klick d'ici, indique-t-il aux stormtroopers. Ne vous épuisez pas à parcourir cette distance en une seule fois. Mais restez mobiles tout du long.

Il entame la descente. Les feuilles coupantes du versant de la colline lui lacèrent les jambes. De la sueur ruisselle sur son visage, dégouline derrière ses lunettes de protection et atterrit dans ses yeux.

Au bout de deux cents mètres, des décharges orange commencent à fuser du bunker. Zare perd trois hommes en une minute. Il s'arrête pour hurler aux survivants de se disperser et manque de peu d'être lui-même touché.

Arrivé à trois cents mètres du bunker, un autre soldat est touché par l'ennemi.

– Gare aux tirailleurs ! aboie Zare, la langue pâteuse et les poumons irrités. Allez ! Allez ! On se bouge, soldats !

Plus que deux cents mètres. Il ne reste plus que deux stormtroopers dans l'escouade Rouge-Cresh-3-1, sans compter Zare. Le cadet trébuche sur une racine et s'étale, tête première dans la poussière. Il continue en rampant, puis trouve la force de se relever. Il suffoque et ne distingue presque plus rien.

Cent mètres. Un soldat du bataillon bleu posté près du bunker les repère. Zare lui tire dessus avant qu'il ait pu dégainer son E-11. Mais un autre ennemi, caché dans un abri, touche un des deux derniers hommes de l'escouade.

– Activez les missiles ! Retardateur à dix secondes !

Zare doit lutter pour enlever son sac à dos. Il l'ouvre, extrait le projectile et laisse ses doigts courir sur le clavier fixé à la base du missile. Une décharge frôle son oreille en émettant un sifflement perçant. L'instant d'après, Zare et son dernier stormtrooper se plaquent contre le mur du bunker, le souffle court. Le compte à rebours atteint zéro, et le soldat lui adresse un signe de tête.

– On les a eus, chef. Un bunker bleu rayé de la liste !

– Rouge-Cresh-3-1, votre cible est détruite, indique un instructeur dans l'oreille de Zare. Et vous avec.

Zare s'allonge dans l'ombre du bunker. Les soldats éliminés en cours de route le rejoignent en traînant les pieds.

– Repos, les gars ! ordonne Zare en indiquant le coin d'ombre qui l'entoure avec un sourire épuisé. Maintenant qu'on est morts, autant en profiter…

Le vaisseau de débarquement de classe *Sentinelle* qui ramène les cadets sur Arkanis a comme un goût de paradis. L'air y est frais, la lumière tamisée, et la gravité, redevenue normale, donne à Zare l'impression de flotter. Il s'endort en l'espace de quelques secondes et ne se réveille que lorsqu'une main le secoue doucement.

– Du calme, Leonis, lui chuchote le Hivre. Suis-moi.

Il le conduit dans la coursive près du poste médical.

– Tu as fait du bon boulot, là-bas. Anya dit que notre mission aurait échoué sans ton improvisation. Alors es-tu prêt à t'engager plus sérieusement ? Le genre d'engagement proposé uniquement sur invitation ?

– Je suis prêt, répond Zare en empêchant sa voix de trembler.

– Bien. Mais c'est facile à dire. Il va falloir que tu prouves ta motivation, que tu montres que tu es prêt à tout pour servir et renforcer l'Empire. Tu auras de nos nouvelles d'ici un jour ou deux. Mais sache une chose, Leonis : il ne s'agira pas d'une simulation, cette fois.

Chapitre 6

LES CADETS DU COMMANDANT

Les craintes de Zare étaient en partie fondées : quelqu'un l'attend bien à son retour sur Arkanis. Mais ce n'est pas l'Inquisiteur.

BRAVO POUR AVOIR SURVÉCU À SIRPAR ! dit le message sur son datapad. MERCI DE TE RENDRE DANS MON NOUVEAU BUREAU, LORS DE TON PROCHAIN QUARTIER LIBRE. BIEN À TOI. LT CHIRON.

Zare relit le message, perplexe. Que fait son ancien mentor sur Arkanis ?

Quand il finit par trouver le bureau de Chiron, le lieutenant vient à peine de défaire ses valises. Zare lui sourit, mais se sent comme tiraillé. Chiron est un homme bien, et le cadet est sincèrement content de revoir un visage familier. Néanmoins, lui mentir sur Lothal n'avait pas été une partie de plaisir, et au moment de partir, il s'était senti soulagé de pouvoir mettre fin à cette mascarade.

– Cadet Leonis au rapport, lieutenant ! Alors, vous avez été muté ici, vous aussi ?

Chiron semble étonné.

– Tu n'étais pas au courant ? Ah mais oui, bien sûr, tu étais en manœuvre ! Tu ferais mieux de t'asseoir.

Zare s'installe en écoutant la pluie s'abattre sur les fenêtres du bureau. Depuis son retour, le temps froid et humide d'Arkanis lui apparaît comme une bénédiction.

– Le commandant Aresko et le polémarque Grint ont été… relevés de leurs fonctions par le Grand Moff Tarkin en personne, annonce Chiron, le visage grave. Le capitaine

Roddance a été placé provisoirement à la tête de l'Académie de Lothal.

Zare ne peut s'empêcher de grimacer en entendant le nom de la brute dont les troupes ont tué des manifestants dans les Westhills.

– Et laissez-moi deviner : la première chose qu'il a faite a été de vous muter ici, intervient Zare, qui sait que Chiron déteste Roddance, lui aussi.

Une étincelle d'amusement brille dans les yeux du lieutenant.

– Disons que mon départ ne l'a pas particulièrement attristé. Mais ce n'est pas la raison de ma présence. Le major Cass, l'adjoint du gouverneur Tarkin, m'a transféré ici pour enquêter sur une affaire confidentielle.

Zare dévisage Chiron avec un air interrogateur. Le beau lieutenant se penche vers le garçon et le regarde droit dans les yeux.

– Est-ce que tu saurais garder un secret, cadet Leonis ?

Zare opine du chef en songeant que Chiron serait choqué par certains de ses secrets à lui.

– Selon les rumeurs, le commandant Hux serait à la tête d'une société secrète au sein de l'académie, composée de cadets triés sur le volet. Tu es au courant de quoi que ce soit ?

Zare baisse la tête et détourne le regard pour fixer le brouillard par la fenêtre.

S'il lui dit ce qu'il sait, le lieutenant pourra peut-être l'aider. Mais d'un autre côté, s'il confirme ses doutes, cela risque de mettre à mal la société d'Hux et de l'empêcher, lui, d'accéder à la tour.

– Pourquoi est-ce qu'un Grand Moff s'intéresse à ce qui se passe ici ? demande Zare pour gagner du temps.

– Le commandant Brendol Hux est un homme qui inspire la fidélité. L'Empire dépend d'une chaîne de commandement bien précise, et les allégeances qui se développent en dehors de cette chaîne sont potentiellement dangereuses. Pour l'instant, mon travail se résume à mener une enquête, rien de plus. Alors, as-tu entendu parler de quelque chose ou pas ?

– Je suis désolé, lieutenant, mais vous me mettez dans une position délicate. Donnez-moi un jour ou deux, et je pourrai vous être plus utile que maintenant.

Chiron acquiesce.

– Je pense que j'ai compris. Et je te fais confiance pour prendre la bonne décision. J'attends de tes nouvelles, cadet Leonis.

Zare hoche la tête, se lève, mais hésite avant de serrer la main gantée que lui tend Chiron.

– Lieutenant, juste une question : êtes-vous venu seul ou accompagné ?

– Seul. Pourquoi ?

– L'Inquisiteur est déjà venu ici, lieutenant, explique Zare sur un ton hésitant. Avant Sirpar. Mais il a été rappelé d'urgence sur Lothal.

Chiron se détourne, le visage blême.

– Ce que je m'apprête à te dire est une information top secrète, cadet. L'Inquisiteur est mort. Tué par des insurgés de Lothal.

Zare le dévisage, déconcerté.

– Je peux t'assurer qu'il s'agit d'un incident isolé, poursuit Chiron. Ni tes parents ni personne d'autre ne courent de danger sur Lothal.

Zare le remercie et quitte le bureau en remarquant à peine la pluie glaciale. L'Inquisiteur ne reviendra jamais sur Arkanis ! Le monstre qui a ordonné l'enlèvement de sa sœur est mort.

Zare se sent soudain plus léger. Mais son soulagement est de courte durée : il sait que l'Empire a de nombreux serviteurs, et rien ne dit que l'Inquisiteur ne sera pas remplacé par quelqu'un de pire.

Cette nuit-là, un violent orage s'abat sur l'Académie et provoque une panne de courant généralisée. À cause des éclairs, Zare a du mal à trouver le sommeil, perturbé par l'alternance de nuit noire et de lumière aveuglante, si bien qu'il pense être encore en train de rêver lorsque, en ouvrant les yeux, il voit sa couchette encerclée de silhouettes parées de manteaux noirs.

Lorsqu'il réalise qu'il est bien réveillé, Zare commence à paniquer, mais il se rend rapidement compte que ce ne sont que ses camarades cadets, vêtus de longs cirés. L'un d'entre eux lui montre son casque du doigt. Zare hoche la tête, s'habille en silence et suit le petit groupe dehors, sous la pluie battante.

Le jeune homme espérait se rendre dans la Zone Néant, mais c'est finalement vers le réfectoire que le petit groupe se dirige.

Une fois à l'intérieur, les capuches s'abaissent et les visières se relèvent pour dévoiler les visages des Cadets du Commandant. Le Hivre s'avance, un petit sourire sur les lèvres.

– Tu as été accepté pour être initié dans nos rangs, Zare Leonis. Mais d'abord, tu dois prouver que tu le mérites. Cette académie est fière du niveau de ses diplômés, mais pour garantir cette excellence, nous nous chargeons nous-mêmes d'éliminer les faibles.

Le Hivre fait signe à Anya, qui s'avance et tire un fusil blaster E-11 de son manteau. Zare le prend et dévisage la jeune fille, perplexe.

– Ta mission aura lieu dans trois jours lors des manœuvres, lui indique-t-elle. Tu te serviras de ce fusil pendant l'exercice. Ta cible et toi serez dans deux camps adverses, tout est prévu. Enclenche et désenclenche le cran de sécurité trois fois d'affilée, et ton E-11 enverra des décharges d'intensité maximale. Ne t'inquiète pas, tu seras innocenté sans la moindre enquête. On fera croire à un simple dysfonctionnement.

Zare la fixe, abasourdi. Xan Lanier n'est pas mort dans un accident ! C'est Anya qui l'a tué pour gagner sa place parmi les Cadets du Commandant !

– Qui est la cible ? demande-t-il en veillant à ce que sa voix reste ferme.

– Penn Zarang, répond le Hivre. Ce n'est pas le dernier de la classe, mais tout le monde s'accorde à dire qu'il n'a pas sa place sur Arkanis. Élimine-le, et tu seras l'un des nôtres.

Chapitre 7

LA TOUR

Le lendemain matin, Zare s'empresse de traverser la pelouse, soulagé que le brouillard le rende invisible aux regards indiscrets. Incapable d'attendre plus longtemps, il se met à courir et grimpe quatre à quatre les marches menant au bureau de Chiron.

Assis dans son fauteuil, le lieutenant se réchauffe les mains autour d'une tasse de caf.

– Je ne suis pas un assassin ! déclare Zare. Je refuse de le faire.

– Un assassin ? Mais de quoi parles-tu ?

Chiron écoute Zare tout lui raconter : les Cadets du Commandant, l'accident qui a coûté la vie Xan Lanier, et la mission qu'on lui a confiée.

– Il faut que cela cesse ! s'exclame l'officier, pâle de rage. Néanmoins, si les rapports des accidents ont été falsifiés, je vais avoir besoin de plus d'informations. Mon laissez-passer me permet d'accéder à la Zone Néant, mais cela ne vaut rien si je ne sais pas ce qui se passe là-dedans.

C'est ce que je veux découvrir, moi aussi, songe Zare, mais il secoue la tête.

– Je ne passerai pas leur épreuve, lieutenant. Je m'y refuse.

– Je crois savoir comment faire pour que personne ne soit tué. Est-ce que le cadet Zarang a confiance en toi ?

Zare acquiesce tristement.

– Bien. Deux heures après l'extinction des feux, emmène-le à l'orée du bois près de l'enclos des diplopodes.

– DeeDee va nous tomber dessus.

– Je vais m'assurer qu'elle soit occupée ailleurs. Contente-toi d'être à l'heure. Je me charge du reste.

Plus tard cette nuit-là, Penn étouffe un petit cri lorsque Zare se penche au-dessus de sa couchette.

– Pas un bruit, chuchote-t-il. Question de vie ou de mort.

Le garçon roux s'habille rapidement tandis que Zare monte la garde, puis les deux cadets s'éclipsent du dortoir et traversent le campus dans l'obscurité.

Quand ils arrivent à l'enclos des diplopodes, une silhouette sombre vêtue d'un long manteau les y attend. À ses pieds sont posés trois pelles et un gros sac qui dégage une odeur nauséabonde.

– Vous êtes le nouveau lieutenant, déclare Penn quand Chiron enlève sa capuche. Que se passe-t-il, monsieur ?

Chiron regarde Zare.

– Tu as été condamné à mort par les Cadets du Commandant, Penn, répond le cadet. Et je suis censé te tuer.

Les yeux du jeune garçon glissent du lieutenant aux pelles qui se trouvent à ses pieds. Il recule d'un pas, terrifié.

– Il ne va rien t'arriver de mal, cadet, le rassure Chiron.

– C'est… C'est quoi dans ce sac ? bégaie Penn.

– Un morceau de nerf, précise Chiron. La viande a pourri quand le congélateur a cessé de fonctionner pendant l'orage. On va le faire passer pour ton cadavre le temps de te transférer ailleurs.

– Non ! C'est de la folie !

– Penn, réfléchis ! intervient Zare. Si ce n'est pas moi, c'est un autre cadet qui devra prouver sa fidélité. Sauf que lui ne te préviendra pas. Si tu restes ici, tu es mort.

Penn se tourne vers Chiron.

– Mais vous pouvez mettre un terme à tout ça, lieutenant !

– C'est ce que je fais. Et cette petite ruse fait partie de mon plan. Mais je ne peux pas enrayer la machine dès ce soir.

– Ce n'est pas juste ! Je veux être un officier de l'Empire. Je veux servir l'Empereur !

– Écoute-moi bien, Zarang ! Fais profile bas jusqu'à ce que je termine mon enquête, et je trouverai un moyen de te transférer dans une autre académie.

Penn regarde Zare, l'air dubitatif.

– Tu peux lui faire confiance, lui assure-t-il.

Penn hésite encore, et Zare soupire, exaspéré.

– Cela aurait été beaucoup moins risqué de te tuer, tu sais !

Penn hoche lentement la tête, puis se baisse pour ramasser une des pelles de Chiron.

La rumeur se propage rapidement dans la caserne, le lendemain matin : le cadet Zarang a disparu.

Lorsque Zare se dirige vers les douches, une main puissante le retient par l'épaule. Il se retourne et voit le Hivre, rouge de colère.

– Tu l'as prévenu, siffle-t-il. Tu es cuit, Leonis.

– Prévenu ? répète Zare froidement. Pas vraiment. Je l'ai tué. Hier soir.

Le Hivre est sidéré.

– Zarang avait déjà fait suffisamment chuter le niveau de la classe. Pourquoi le laisser ternir davantage mon dossier ? Je peux t'emmener voir la tombe si tu veux.

– T'as intérêt ! crache le cadet avant de s'éloigner d'un pas raide.

Le Hivre, Anya et lui ont tous les trois quartier libre après leur entraînement matinal. Les deux Cadets du Commandant longent l'enclos à la suite de Zare et, au bout d'une vingtaine de mètres dans les bois, s'arrêtent à un endroit où la terre a manifestement été remuée.

– Il est là-dessous ? demande le Hivre. Creuse et montre-moi.

– Non, répond Zare, adossé à un arbre. J'ai déjà fait le sale boulot. Si tu veux creuser, fais comme chez toi. Mais ça risque d'être désagréable : tout pourrit super vite sur Arkanis.

Les deux Cadets du Commandant ramassent des branches d'arbre et se mettent à gratter la terre. Zare les observe en s'efforçant de cacher son angoisse.

– Je sens quelque chose, s'écrie Anya au bout de quelques minutes.

– C'est une veste de cadet, reconnaît le Hivre avec un regard furtif vers Zare. Continue à creuser, Anya !

La jeune fille s'exécute et, un instant plus tard, une odeur nauséabonde la force à s'écarter de la fosse en titubant. Le Hivre recule vivement, lui aussi, pris de haut-le-cœur.

– J'abandonne, lâche Anya en jetant sa branche par terre, et elle adresse à Zare un regard où se mêlent effroi et admiration. Le cours de Julyan commence dans quinze minutes et je ne tiens pas à être en retard.

Le Hivre réfléchit un instant, puis finit par acquiescer.

– Tu es plus endurci que je ne le pensais, Leonis, concède-t-il. Bienvenue chez les Cadets du Commandant.

Après l'exercice de l'après-midi, Rav Horan prend Zare à part pour l'informer que les Cadets du Commandant sont conviés à dîner avec Hux. Zare hoche la tête et enfile son uniforme noir de cérémonie, sans prêter attention aux regards obliques et aux murmures des autres cadets.

Assis dans un îlot de lumière, Hux préside une longue table dressée au milieu du réfectoire. DeeDee se tient à ses côtés. Face à lui restent douze places libres. Le commandant ordonne aux cadets de s'asseoir et, en tant que nouvelle recrue, Zare est placé à sa droite, en face d'Anya.

– Avec l'arrivée du cadet Leonis, nous voilà au complet ! déclare-t-il. Vous avez tous, ici présents, prouvé votre valeur au service de l'Empire. Vous êtes destinés à devenir les champions d'un ordre galactique plus puissant. Il est temps pour moi de vous parler de notre but ultime.

Un grand silence s'abat sur le réfectoire.

– Pendant la Guerre des Clones, j'ai servi dans la Grande Armée de la République, poursuit le commandant. J'étais un officier subalterne, chargé de communiquer les stratégies choisies par nos généraux Jedi.

Les cadets se figent sur place, gênés d'entendre parler de ce qu'ils savent être un sujet tabou.

Hux se met à glousser.

– Soyez rassurés, jeunes gens : l'Empire n'a rien à craindre des pitoyables vestiges d'un culte disparu ! Mais je parle des Jedi car nous avons des choses à apprendre d'eux.

Hux se lève et se met à arpenter la pièce.

– Les clones de la République étaient des soldats efficaces car ils n'étaient pas simplement entraînés au combat : ils étaient élevés pour ça, reprend-il. Leur formation commençait dès la naissance : on testait la vue et les réflexes des nouveau-nés. Vous savez tous cela. Mais ce que vous ignorez peut-être, c'est qu'il se passait la même chose chez les Jedi. Ils parcouraient la galaxie entière à l'affût de bébés ou de jeunes enfants partageant les mêmes dons diaboliques qu'eux, et ils les formaient dès le berceau. Dans les deux cas, cela a engendré une élite de guerriers à la loyauté farouche.

Zare ne quitte pas Hux des yeux. Est-ce la raison pour laquelle l'Inquisiteur a enlevé Dhara ? Pour la transformer en guerrière fidèle ?

– Cependant, la nature des clones présentait une faiblesse, poursuit Hux. Génétiquement identiques, ils étaient tous vulnérables aux mêmes éléments pathogènes. Et de fait, les scientifiques séparatistes ont tout fait pour créer des virus capables d'anéantir des armées entières de clones. Notre Empereur, conscient de cette éventualité, a ouvert les rangs de l'armée à l'ensemble de la population galactique. Ainsi, il a contourné le problème lié aux vulnérabilités génétiques des clones et s'est assuré le soutien des citoyens, plus enclins à aimer une armée qui leur ressemble.

Mais un problème subsistait : le déséquilibre entre les clones, entraînés dès leur naissance à devenir des soldats, et les non clones, incapables d'égaler leurs prouesses.

Les cadets se retournent sur leurs chaises à chaque passage du commandant en le suivant du regard.

– Mais s'il existait un moyen d'éviter ce déséquilibre ? reprend Hux. Si on pouvait entraîner des soldats non clones dès la naissance ? N'est-ce pas exactement ce qu'ont fait les Jedi ?

Le commandant s'arrête derrière sa chaise et s'appuie sur le dossier, les yeux pétillants.

– Nous sommes capables d'entraîner des stormtroopers dès la naissance, comme l'ont été les clones et les Jedi. Sur plusieurs générations et après une sélection minutieuse, nous allons créer une armée qui possédera tous les atouts des clones sans leurs faiblesses. Des stormtroopers totalement fidèles à l'Empire, qui le considéreront comme leur famille.

Hux sourit et tapote le dossier de sa chaise pour appuyer son discours.

– Ceci est mon rêve depuis des années. J'ai cherché des officiers susceptibles de comprendre mon idée et de m'aider à créer ces champions. Comme je n'en ai pas trouvé, j'ai décidé de suivre mon raisonnement jusqu'au bout et de les *créer moi-même*. Je vous ai choisis pour commencer cette grande aventure à mes côtés. Ensemble, nous allons créer des légions de soldats qui permettront à l'Empire de vivre éternellement.

Les cadets se mettent à applaudir et à acclamer leur chef. Zare en fait autant, un sourire figé sur les lèvres, puis se force à manger et à lever son verre.

Des droïdes arrivent pour débarrasser la table, et Hux saisit fermement le poignet de Zare.

– Et maintenant, nous avons un nouveau cadet à initier !

Emboîtant le pas au commandant, les cadets traversent la pelouse de l'Académie et descendent l'escalier de pierre qui mène à la plage. Zare entend les vagues en contrebas. Son cœur bat la chamade. Deux élèves allument des fusées éclairantes et les lancent pour éclairer la plage rocailleuse.

Ils traversent ensuite le ponton, et la tour s'élève au-dessus d'eux comme une ombre menaçante.

– Halte ! ordonne Hux.

Zare attend avec les autres dans l'obscurité. Un bruit sourd se fait entendre. Les grandes portes métalliques s'entrouvrent, et les cadets pénètrent à l'intérieur. Embrassant la pièce d'un regard circulaire, Zare essaie d'enregistrer chaque détail qui l'entoure, conscient qu'il n'a jamais été aussi proche de retrouver sa sœur. Un garde est posté devant une batterie d'ascenseurs. De chaque côté, d'épaisses portes donnent sur des escaliers en pierre qui s'élèvent jusqu'au sommet de la tour.

Les officiers assis derrière les consoles se lèvent et les saluent. L'un d'eux s'approche et murmure quelque chose à l'oreille de Hux.

– Un instant, cadets, dit le commandant. Un autre groupe termine une séance dans notre salle d'apparat.

Rangés en deux lignes, les cadets attendent patiemment. Zare entend des bruits de pas venir dans leur direction. Une file de jeunes gens émerge du couloir de droite et s'avance vers eux. Ils portent des combinaisons orange.

– Voici le projet Unité, explique Hux. Ce sont d'anciens dissidents redevenus fidèles à la cause impériale.

Zare remarque qu'ils ont le regard vitreux et l'air hagard. *Ils ont sûrement subi un lavage de cerveau,* songe-t-il.

Ses yeux se fixent sur un garçon vers la fin de la file.

Non, non, non ! C'est impossible. IMPOSSIBLE !

Et pourtant, si.

Beck Ollet avance dans sa direction.

Tournant la tête, Zare feint d'observer quelque chose sur le mur. Mais Beck s'arrête, secoue la tête, l'air confus, puis écarquille les yeux.

Et dégainant son arme, il la pointe sur Zare.

Merei

TROOPERS

Chapitre 8

LE POÈTE

Quand Tepha Leonis finit par relâcher Merei, ses yeux sont rouges et larmoyants. La jeune fille sait qu'elle ne doit pas avoir fière allure, elle non plus. Cela lui semblait néanmoins important que la mère de Zare sache ce qu'elle a découvert dans les archives impériales : si son fils a été transféré sur Arkanis, ce n'est pas pour ses résultats, mais dans le cadre du même programme qui a orchestré la disparition de sa sœur, Dhara. De plus, il semble suspecté de complicité dans des actes d'insurrection.

Merei promet à Tepha de la tenir au courant si elle apprend quoi que ce soit, puis enfourche son jumpspeeder. Tandis qu'elle file à travers la ville, elle réalise que le départ de Zare n'est pas la seule chose qui la préoccupe.

Parmi les petits boulots que Yahenna Laxo lui avait confiés, l'un d'eux consistait à garder un œil sur des dissidents ou des fugitifs qui payaient le Syndicat Gris pour les cacher.

Laxo est mort désormais, abattu par des stormtroopers au cours d'un affrontement que Merei a sciemment provoqué dans une tentative désespérée pour se libérer de l'emprise du criminel. Dans son plan, néanmoins, son ancien patron se faisait arrêter par les soldats, pas exécuter de sang-froid.

Juste avant de mourir, Laxo lui a ordonné de conduire un chasseur de primes à la cachette d'Holshef, un vieux poète qualifié d'insurgé par l'Empire. Heureusement, Merei n'a pas eu besoin de se présenter au rendez-vous. Mais qu'est-il arrivé à Holshef ?

Elle prend la direction du sud de Capital City. L'adresse où Merei espère qu'il se cache toujours – 1044 Chapel – correspond à un petit entrepôt en briques d'argile.

Merei ralentit et effectue le tour du bloc pour vérifier que personne ne l'observe. Puis elle gare sa moto, essuie la poussière qui macule son visage et enfonce la sonnette de l'entrepôt.

Une voix masculine grommelle quelque chose dans une langue inconnue, s'interrompt, puis reprend en basique :

– T'es la gamine qui sert de coursier au Syndicat, c'est ça ?

Merei s'humecte les lèvres. En tant qu'agent de Laxo, elle n'a pas l'habitude de se faire traiter comme du poodoo, même si la personne en face est plus grande, plus méchante, et qu'elle porte un blaster.

– Ouvrez. Il faut qu'on parle, lâche-t-elle, et l'instant d'après, la porte s'entrouvre.

Un Lutrillien l'observe depuis la pénombre.

– Est-ce qu'Holshef est ici ?

– Si tu veux parler du vieux fou, il est en bas.

Merei sent un poids se retirer de ses épaules. Personne n'est encore venu le chercher.

– Mais il ne peut plus rester ici, geint l'alien moustachu. Je n'ai pas été payé. Et maintenant que Laxo est…

– On conclut de nouveaux arrangements, le coupe sèchement Merei.

Elle plonge la main dans son sac et en sort des crédits.

– Voilà pour la semaine, avec un petit bonus pour votre peine, poursuit-elle en lui tendant l'argent. Vous ne traitez qu'avec moi, c'est compris ?

Le Lutrillien acquiesce, et Merei doit se retenir de sourire. Comme la plupart des malfrats, il aime jouer au dur, mais a l'habitude qu'on lui dise ce qu'il doit faire.

– Alors, où est-il ? demande-t-elle.

L'alien la conduit jusqu'à une étroite cage d'escalier à moitié dissimulée derrière un conteneur rouillé.

Merei trouve Holshef tout en bas, entouré de coussins et de couvertures, de livres et de piles de papiers. Lorsqu'il entend le bruit de ses pas dans l'escalier, le vieux poète lève les yeux et, d'une main, recoiffe à la hâte le halo de cheveux blancs qui lui couronne la tête.

– Euh… bonjour, mademoiselle… Oh, je suis terriblement désolé, j'ai oublié votre prénom !

Merei sourit.

– Je ne vous l'ai jamais dit. Trop dangereux, vous vous souvenez ?

– Bien sûr.

Merei s'assoit en tailleur sur l'un des coussins d'Holshef.

– Écoutez. Vous allez rester ici une semaine de plus environ, et ensuite je vous conduirai ailleurs. Je ne sais pas encore tout à fait où.

– Oh, merveilleux ! Ce sera si bon de revoir le soleil, même si ce n'est que pour une petite heure. Ce doit être le début du printemps…

– Ça devrait, mais il fait encore très froid. Les tempêtes de poussière ont été terribles cette année.

– Ah, dit Holshef, le visage subitement sombre. Ce n'était pas comme ça autrefois, vous savez. Je pouvais deviner la semaine qu'on était, rien qu'en observant la nuance du vert des prairies, et en humant le parfum des vignes d'arrack ou celui des jogans porté par le vent d'ouest.

– J'adore l'odeur des jogans en fleurs, murmure Merei en se rappelant l'arôme qui planait dans les vergers de Beck Ollet lorsque Zare et elle étaient allés y faire un tour.

– Quand je respire l'odeur du jogan, j'ai à nouveau seize ans ! s'exclame le poète. Pour les pauvres créatures que nous sommes, c'est ce qui se rapproche le plus de la magie, ma chère : cette capacité à être transportés à travers le temps par un simple effluve…

Sentant ses yeux s'embuer de larmes, Merei détourne le visage. Beck a été placé en détention par l'Empire. Elle ignore s'il est encore vivant. Zare court un grave danger, lui aussi. Et les vergers ont été remplacés par des fosses lugubres grouillant de droïdes mineurs.

– Vous êtes triste, ma chère, constate Holshef en lui glissant un petit livre dans la main. Peut-être que ces quelques poèmes vous redonneront le sourire. Dans ce volume, il est question des parfums de mon enfance. Avant que tout ne change sur Lothal.

Merei fourre le petit livre au fond de son sac pour cacher son émotion.

– Vous serez déplacé dans peu de temps, lui promet-elle en fuyant vers l'escalier. Dès que je vous aurai trouvé un lieu sûr.

Ce n'est pas – et de très loin – son souci principal, mais Merei sait désormais que travailler comme coursier pour une organisation criminelle n'est pas le meilleur moyen de réussir en classe. Après avoir garé son jumpspeeder devant l'EPSI, elle se dépêche de se rendre à son premier cours. Elle passe mentalement en revue les devoirs qu'il lui reste à rendre et se fait la promesse de rattraper son retard dans les prochaines semaines.

Mais il lui est impossible de ne pas penser à Holshef, à Laxo et à tout ce qui s'est passé dernièrement. D'autant plus que parmi les étudiants de son premier cours figure Jix Hekyl, le jeune Pantorien qui l'a introduite au sein de l'organisation de Laxo et qui l'a aidée à supprimer le compte qu'elle avait utilisé pour s'infiltrer dans le réseau impérial. Elle n'a pas revu Jix depuis qu'elle l'a prévenu de ne pas retourner au quartier général de Laxo, peu avant que les stormtroopers y fassent irruption et…

Arrête de penser à ça ! s'ordonne-t-elle tandis qu'elle sent les yeux de Jix sur elle. *Tu ne savais pas ce qui allait se passer.*

Alors pourquoi fuit-elle le regard de son ami ?

Il la rejoint à la fin du cours et la retient par le bras quand elle fait mine de ne pas l'avoir vu.

– Content de voir que tu vas bien, lui souffle le garçon à la peau bleue.

– Moi aussi. J'ai eu de la chance. On en a eu tous les deux.

– D'autres personnes n'ont pas eu la même veine. Qu'est-ce qui s'est passé, Merei ?

La jeune fille croise les bras et observe les autres étudiants de l'EPSI avec méfiance.

– Une descente impériale. Ils n'ont pas pu accéder aux données du Syndicat, en revanche. J'ai utilisé ton aimant à impulsion pour tout effacer.

– Je m'en suis douté, vu qu'aucun de nous deux n'est en prison… Mais ce que je ne comprends toujours pas, c'est pourquoi l'Empire s'est pointé. C'est toi qui leur as refilé le tuyau ?

Merei recule d'un pas.

– Non… enfin, pas vraiment. Les choses… Les choses ne se sont pas passées comme je l'aurais voulu.

– Encore heureux ! rétorque Jix avec colère. Des gens sont *morts*, Merei !

– Tu crois que je ne le sais pas ? proteste-t-elle, furieuse à son tour.

Des têtes se tournent dans leur direction.

– D'accord. Je suis désolé. Mais…

– Mais rien, Jix ! l'interrompt Merei. On est vivants. Vivants et débarrassés de Laxo. J'aurais préféré que ça se passe autrement, mais c'est une seconde chance qui nous a été accordée. Et ce n'est pas le genre de chose qu'on trouve à tous les coins de rue. Alors si j'étais toi, j'essaierais d'en profiter au maximum.

Malgré la promesse qu'elle s'est faite de se concentrer sur ses études, l'esprit de Merei ne cesse de revenir au problème d'Holshef. Après s'être creusé la tête pendant plusieurs cours d'affilée, elle finit par se rendre à l'évidence : il n'y a plus de lieu assez sûr pour lui sur Lothal. Elle va devoir lui faire quitter la planète.

Au dîner, Merei profite de ce que ses parents discutent de la bureaucratie impériale pour tenter de se renseigner :

– J'ai entendu dire que l'Empire venait de prendre de nouvelles mesures pour surveiller les voyageurs qui quittent la planète, dit-elle d'un air décontracté. Est-ce que c'est vrai ?

Son père, Gandr Spanjaf, la regarde avec curiosité.

– Tu prévois de partir en vacances, Mer-Veille ? Est-ce qu'on peut venir ?

– Oh, ce serait génial, hein ? Non, j'ai entendu certains élèves s'en plaindre, à l'EPSI. Mais je ne suis pas sûre d'avoir bien compris ce qu'ils disaient.

– La sécurité a été renforcée de manière considérable, c'est vrai, explique Jessa Spanjaf à sa fille. En ce moment, tout décollage sauvage depuis l'arrière-pays déclenche l'intervention d'un escadron de chasseurs. Mais les vols autorisés sont maintenus, bien sûr, sous réserve de présenter ses papiers d'identité et de répondre aux questions des agents de sécurité.

– Des questions ? Quel genre de questions ?

Jessa hausse les épaules.

– Du genre plutôt classique. Ce ne sont pas les questions, qui sont importantes ; le but est d'exercer les officiers impériaux à repérer les gens nerveux ou qui semblent cacher quelque chose. Toute personne qui correspond à cette description est conduite à l'écart pour subir un interrogatoire plus poussé.

Merei imagine Holshef confronté à un contrôle de sécurité et prend un air renfrogné. Le vieux poète n'a pas la moindre chance de s'en sortir. Si elle doit faire quitter Lothal à Holshef, ça ne se fera pas à partir d'un spatioport.

Au cours de la semaine qui suit, Merei réussit davantage à se concentrer sur ses études, mais elle ne progresse pas du tout dans sa recherche d'une solution pour Holshef. Elle préfère ne faire appel à aucun des anciens associés de Laxo. La plupart d'entre eux seraient trop heureux de les vendre tous les deux à des chasseurs de primes.

À la fin de la semaine, elle retourne à l'entrepôt de Chapel Street et parvient à gagner dix jours de plus, mais le Lutrillien la prévient qu'il ne pourra pas garder Holshef au-delà. En effet, l'espace où il se cache a déjà été loué pour une cargaison de cellules d'énergie industrielles provenant des Lantillies.

Merei a du mal à dormir cette nuit-là. Dans un rêve, elle réussit à dégoter un ticket, mais en arrivant à l'entrepôt, elle trouve Yahenna Laxo assis à la place du poète. Une escouade de stormtroopers débarque brutalement… et Merei se réveille en sursaut.

Paniquée, elle scrute les ténèbres de sa chambre. Il n'y a aucun soldat en vue, mais une sonnerie sur son datapad l'informe qu'elle a reçu un message.

C'est Zare, qui l'appelle depuis un caf comm sur Arkanis. Il semble penser que la ligne est sécurisée, mais Merei doute qu'une telle chose existe encore.

Zare a l'air épuisé, et elle envisage un moment de ne pas lui parler de ce qu'elle a découvert à propos de son transfert sur Arkanis. Mais lorsqu'il l'apprend, le jeune homme ne paraît pas étonné. Il lui raconte même que l'Inquisiteur est venu sur Arkanis trois jours auparavant et qu'il lui a parlé.

Merei le dévisage, stupéfaite. Zare ajoute qu'il sait aussi où Dhara est retenue prisonnière et lui demande si elle peut enquêter sur une partie de l'Académie appelée Zone Néant.

L'étincelle de fébrilité qui brille dans le regard de son ami effraie Merei. Il va se faire prendre, c'est certain ! Zare est intelligent et courageux, mais il est entouré d'ennemis plus puissants qu'il ne l'imagine.

Elle balbutie quelque chose à propos de son accès au réseau, puis s'efforce de le convaincre qu'il va gâcher sa vie s'il persiste à vouloir sauver Dhara. Mais il ne comprend pas, il pense qu'elle a juste peur pour elle-même.

– Tu te souviens de la nuit où… commence-t-elle, mais il essaie de dire quelque chose au même instant, et leurs phrases se chevauchent.

Il l'encourage à poursuivre, et elle lui demande s'il se souvient de l'odeur des pétales de jogan. Une bouffée de bonheur monte en elle lorsqu'il répond oui. Ils ont tant perdu au cours des derniers mois ! Mais s'ils peuvent tous les deux se rappeler ça, peut-être qu'ils arriveront à reprendre un peu de ce qui leur a été volé ?

Merei supplie Zare de s'enfuir au plus vite, de fuir l'Inquisiteur, l'Empire, tout ! Mais il refuse, bien sûr.

Au moment de se dire au revoir, Merei capture l'image du visage de Zare sur son datapad. Assise sur son lit, elle reste à l'observer quelques minutes, traçant du bout du doigt les contours de ses yeux et de sa bouche, implorant l'univers de veiller sur lui d'une manière ou d'une autre, tout en sachant pertinemment qu'elle ne sera pas entendue.

Chapitre 9

L'INTERROGATOIRE

Le soir suivant est celui où tout bascule sur Lothal. Après avoir pris le contrôle d'une tour dc communication, des insurgés diffusent un message à la population. Employant les grands moyens, l'Empire détruit la tour pour interrompre la transmission, mais perturbe, du même coup, les communications interplanétaires. Merei ne connaît pas le garçon qui exhorte la population à combattre pour la liberté, mais elle le soupçonne de faire partie des Spectres, le groupe de rebelles dont elle a fait récemment la connaissance.

Le lendemain matin, tout le monde ne parle que de ça à l'EPSI. Lors de leur premier cours, le professeur de contre-mesure numérique les informe que, dans le cadre de leur enquête, les Renseignements impériaux vont passer au crible les archives de toutes les écoles.

Merei lève les yeux et voit ceux de Jix posés sur elle. Autour d'eux, les élèves réagissent en échangeant des regards amusés ou inquiets, parfois un peu des deux. Elle esquisse un sourire en direction du Pantorien, mais se rappelle subitement quelque chose qui lui coupe le souffle : pour mettre l'enquête de sa mère sur une mauvaise piste, Jix a remplacé la photo de Merei de l'EPSI par celle d'une fille d'une autre école. Si les Impériaux s'en rendent compte, ils pourraient commencer à poser des questions…

Jix prend un air renfrogné lorsque Merei l'intercepte après la classe pour lui faire part de ses inquiétudes.

– J’aurais dû me douter que tu avais besoin de mon aide. Sinon pourquoi tu m’adresserais la parole ?

– Jix, tu es injuste. Je n’ai jamais eu l’intention…

– Laisse tomber ! J’ai tout de suite pensé à la photo, moi aussi. Je la changerai dès que j’aurai une heure de perm cet après-midi.

Merei ouvre la bouche pour le remercier, mais Jix s’éloigne déjà à grands pas.

Au dîner, les parents de Merei se montrent particulièrement agités. En raison de la destruction de la tour de communication, les organismes gouvernementaux n’ont accès qu’aux archives locales. Chargées dans des droïdes courriers, les données doivent être transmises à des vaisseaux-relais situés en orbite. Un micmac compliqué qui ralentit leur travail.

– L’Empire ne nous aurait pas coupés du reste de la galaxie s’il n’y avait pas eu un véritable danger, argumente Gandr.

Mais Jessa secoue la tête.

– Je pense que les gros bonnets ont réagi de manière excessive. Et maintenant, s'il devait y avoir une véritable menace, on serait à peine capables de la contrer. Toutes les inspections de sécurité du réseau ont été suspendues pour limiter la charge système.

– Ce qui veut dire ? demande Merei.

– La porte ouverte à tous les malfrats, grommelle Jessa.

Merei sourit intérieurement. Le repas terminé, elle file dans sa chambre et active son compte du Bureau de la Sûreté Impériale. Une recherche rapide lui donne accès à la fiche d'Holshef et à une liste de directives rassemblées sous le nom d'opération Aiguillage.

Son objectif consiste à manipuler l'opinion publique de Lothal. Les critiques de l'Empire sont interdites, tout comme le moindre signe d'intérêt pour le passé de la planète. La nostalgie, indique la directive, génère de l'insatisfaction et doit, par conséquent, être réprimée.

Merei parcourt la liste des dissidents concernés. Il y a des peintres, des poètes, des romanciers…

Elle télécharge les fichiers et les crypte sur son datapad. Puis une sorte de frénésie s'empare d'elle, et elle commence à télécharger tout ce qui lui passe sous les yeux : rapports des Renseignements, archives des services de répression, communications militaires… Il n'y a rien de nouveau à propos de Zare ni aucune mise à jour concernant le projet Récolte.

Un coup d'œil au dossier de Beck Ollet lui donne accès au compte-rendu des manifestations des Westhills. Elle lit, horrifiée, comment la situation a été « pacifiée » et tombe sur de fausses déclarations de sortie du territoire créées pour les manifestants tués.

Ce dossier rassemble tout ce contre quoi Beck s'est battu. Il contient même des choses que Merei refusait de croire.

Pardonne-moi, Beck. La population de Lothal ne mérite pas ça. Personne ne mérite ça.

Merei fait partie des premiers élèves de l'EPSI à être convoqué par les enquêteurs. Tandis qu'elle s'approche du bureau réquisitionné par les Impériaux, elle s'efforce de garder son calme. L'Empire n'a aucune raison de la soupçonner, et même si elle n'a pas eu l'occasion de reparler à Jix dernièrement, elle se rappelle la facilité avec laquelle il a changé sa photo la dernière fois. Une minute lui aura suffi pour la remettre en place.

Lorsque Merei entre dans le bureau, l'enquêteur impérial pose sur elle un regard dénué d'intérêt. Il lui fait signe de s'asseoir, puis tapote sur son datapad et affiche sa photo sur l'écran de visualisation.

Mais ce n'est pas elle. C'est la fille que Jix avait sélectionnée pour la remplacer !

L'enquêteur fronce les sourcils. Merei soupire et lève les yeux au ciel.

– Je n'arrête pas de leur demander d'arranger ça ! proteste-t-elle en essayant de paraître outrée. Je ne sais même pas qui est cette fille ! Je veux dire, ça doit pas être si compliqué à changer, si ?

L'enquêteur opine du chef.

– Ma carte d'accès pour entrer dans le Quartier Général ne marche qu'une fois sur deux. Personne ne sait m'expliquer pourquoi. Ils me disent juste de le signaler à la sécurité !

Ils échangent un sourire, et Merei répond à ses questions avec ce qu'elle espère être le bon dosage d'ennui et d'impatience. Une fois l'entretien terminé, elle se sent épuisée et doit s'arrêter dans le couloir pour reprendre son souffle.

Une grande silhouette à la peau bleue court à sa rencontre.

– Jix, souffle-t-elle. Je croyais que tu allais échanger les photos !

– J'ai essayé ! Ils ont verrouillé tout le système !

– Alors pourquoi tu ne m'as pas prévenue ?

– Je ne sais pas. C'est juste que… je ne voulais pas te décevoir.

– Me décevoir ?

– Je suis désolé, Merei, répond Jix piteusement. Vraiment.

– Laisse tomber, j'ai pu m'en sortir. Mais tu ferais mieux de te ressaisir un peu avant ton propre entretien.

Le Pantorien hoche la tête et s'éclipse furtivement.

Pauvre garçon. Il n'est tout simplement pas fait pour la vie de criminel, songe-t-elle avant d'esquisser un petit sourire triste. *Alors que moi si, visiblement.*

Merei pousse un soupir. Elle ne se rappelle pas avoir eu aussi peur depuis sa première tentative de sélection au grav-ball, des années plus tôt sur Corulag.

Son visage s'illumine. Penser au grav-ball vient de lui donner une idée.

Ce n'est qu'après une longue route que Merei atteint le troquet défraîchi tenu par le Vieux Jho. La jeune fille râlait chaque fois que Laxo voulait l'envoyer là-bas pour livrer les holos de grav-ball piratés que le barman ithorien affectionne tant.

Elle observe le point de ravitaillement avec méfiance, mais il n'y a qu'une seule motojet devant la façade. Le Vieux Jho lui-même est assis derrière le comptoir de la cantina déserte, les yeux fixés sur un holo qu'il s'empresse d'éteindre lorsque Merei passe les portes.

– Ah, c'est toi ! grommelle-t-il, le babillement de la langue ithorienne converti en basic grâce à un traducteur accroché autour de son cou. J'ai dû trouver un autre fournisseur d'holos, tu sais.

– Je sais… Désolée pour ça.

Le Vieux Jho hausse les épaules.

– Tu bois quelque chose ?

– Je n'ai que quinze ans.

– Ah oui ! J'avais oublié que tu mettais un point d'honneur à respecter la loi.

– Très drôle. Je prendrai un verre d'eau glacée. Écoute, je suis venue ici de mon propre chef.

Le Vieux Jho la sert et la dévisage, l'air bougon.

– J'ai un ami qui a besoin d'un ticket pour quitter la planète. Sans passer par un spatioport.

– Pas évident en ce moment… avec le blocus et tout le reste.

– Même si c'est une question de vie ou de mort ?

Le Vieux Jho agite ses longs doigts d'un air dédaigneux. Ils restent silencieux pendant un moment, avec pour seul bruit celui des glaçons du verre de Merei.

– Qu'a fait ton ami pour contrarier l'Empire ? demande finalement le barman.

– Il a écrit de la poésie.

L'Ithorien plisse les yeux, perplexe.

– Tiens ! dit Merei en cherchant dans son sac le livre de poèmes d'Holshef.

Le Vieux Jho lit quelques instants en silence, puis pose le livre sur le comptoir et l'observe sans un mot.

– J'aime celui qui parle des supins de la gorge de Pelamir, déclare-t-il enfin. J'allais souvent là-bas quand j'étais petit. Je me rappelle le bruit du vent caressant leurs cônes, le goût du thé fait avec leurs racines et l'odeur croustillante de leurs épines en hiver. Les forêts ont toutes été abattues, depuis.

Merei esquisse un sourire.

– Tu as des crédits ? poursuit l'Ithorien. Il y a des gens qui me doivent une faveur. Des gens avec un vaisseau. Ils font profil bas en ce moment, mais je peux leur faire parvenir un message. Amène ton ami ici dans six jours.

TROOPERS

Chapitre 10

COURSE-POURSUITE À CAPITAL CITY

Quand Merei rend visite à Holshef quatre jours plus tard, elle s'est préparée à toute sorte de complications, mais à aucun moment il ne lui est venu à l'esprit qu'il pourrait refuser de partir.

– Quitter Lothal ? Oh non, ma chère ! Vous êtes très gentille, mais c'est mon foyer, le seul que j'aie jamais connu. Ma grand-mère est arrivée sur cette planète quand elle n'était qu'une jeune femme. Tous mes souvenirs sont ici.

– J'ai parlé à votre fille, celle qui se trouve sur Eriadu. Elle sera sur Garel après-demain pour vous y retrouver.

– Impossible. Passer le reste de ma vie sans entendre le vent souffler dans les plaines ? Sans voir des nuages d'orage rouler au-dessus des montagnes ?

– Holshef, vous devez m'écouter. Si vous restez ici, vous ne verrez ni n'entendrez plus jamais ces choses.

– Pour l'instant. Mais un beau jour, ce sera différent.

Merei se lève et commence à arpenter la pièce, inquiète.

– Pas sûr qu'il vous en reste beaucoup, des « beaux jours » !

– Raison de plus pour passer le peu qu'il me reste ici. Sur ma planète natale. Oh, je ne vous en veux pas de ne pas comprendre, ma chère. Vous n'êtes pas d'ici.

– Mais je comprends ! proteste Merei. Je viens de Corulag, une cité-monde en grande partie en ruine. Peu après mon arrivée sur Lothal, un ami m'a emmenée dans les vergers de jogans des Westhills. Selon lui, il n'y a pas d'endroit dans toute la galaxie qui sente aussi bon les soirs d'automne.

Holshef laisse son regard errer dans le vide.

– Et c'est bien possible qu'il ait raison.

– Cet endroit a disparu. La planète que vous aimez n'existe plus, Holshef. L'Empire la détruit à petit feu.

– C'est pourquoi les gens doivent savoir. Ils doivent comprendre ce qui a été perdu.

– Je suis d'accord. Mais il est trop tard pour le dire à la population de Lothal : ils le savent déjà. Vous devez le dire au reste de la galaxie. Et vous ne pouvez pas faire ça d'ici.

Holshef baisse les yeux.

– Vous ne m'avez jamais dit votre nom, souffle-t-il.

– Merei Spanjaf.

– Très bien, Merei Spanjaf. J'accepte de partir, dit le poète dans un murmure.

Puis il baisse la tête et se met à pleurer.

Merei arrive à l'EPSI quelques minutes avant son premier cours, couverte de poussière, mais heureuse qu'Holshef ait fini par accepter son plan. Si la journée se passe sans encombre, elle le conduira demain matin chez le Vieux Jho et, de là, un vaisseau l'emmènera sur Garel.

Apercevant Jix dans le couloir, elle le rejoint en courant. Il a l'air plus à l'aise, remarque-t-elle. C'est une bonne nouvelle. Les cours sont suffisamment difficiles pour ne pas avoir à subir en plus le poids de regards réprobateurs.

– Comment s'est passé ton entretien ? lui demande-t-elle.

– Très bien, l'enquêteur était plutôt sympathique, pour un Impérial. Il m'a posé quelques questions sur les serveurs de relais, mais c'était plutôt décontracté.

– Sur *quoi* ? demande Merei.

– Les serveurs de relais. Tu veux dire qu'il ne t'a pas interrogée là-dessus ?

– Non, Jix. Il ne m'a absolument rien demandé de ce genre.

La sonnerie retentit, et ils se séparent pour rejoindre leurs cours respectifs. Une voix dans la tête de Merei lui crie de s'enfuir immédiatement. Mais elle ne peut pas faire ça, pas tant qu'Holshef n'est pas à l'abri.

Jix et elle se retrouvent dans la même classe juste après le déjeuner. Merei est soulagée de voir le Pantorien à sa place habituelle. Mais le cours a à peine commencé que les portes du fond de la classe s'ouvrent subitement. Merei se retourne et voit un officier impérial remonter l'allée, suivi de deux stormtroopers.

– Jix Hekyl ?

Jix se lève en titubant, les joucs pâles. Les stormtroopers lui menottent les poignets dans le dos. Merei attend, le cœur battant, que son nom soit appelé.

Mais le trio d'Impériaux quitte la salle en poussant Jix devant eux.

Merei vit le reste du cours comme dans une sorte de flou. Lorsqu'il est enfin terminé, elle fend la foule des étudiants et descend au pas de course jusqu'à l'un des labos informatiques du sous-sol. Elle vérifie que sa transmission est cryptée, puis va fouiller le réseau impérial.

Elle trouve le mandat d'arrêt au nom de Jix, mais aucune autre information. Elle parcourt la liste des mandats. Son nom à elle n'y figure pas, mais l'un d'eux lui saute aux yeux.

Hestia Tarleton. Qui est Hestia Tarleton ?

Puis cela lui revient : c'est la fille dont Jix a utilisé la photo pour remplacer la sienne. Celle qu'il n'a pas pu échanger. L'Empire a dû l'arrêter à sa place. Ce qui signifie qu'il ne lui reste que quelques heures, tout au plus, devant elle.

Jessa Spanjaf n'est pas contente.

– Merei ? Tu m'appelles depuis ton jump-speeder ? Tu sais à quel point c'est dangereux ! Et pourquoi as-tu une voix bizarre ?

– Parce que la communication est cryptée, maman ! hurle Merei pour couvrir le bruit du vent et du trafic. J'ai besoin que tu cryptes de ton côté et que tu me rappelles d'un endroit discret. Et j'ai besoin que tu le fasses maintenant !

– Mais enfin, tu vas me dire ce qui se passe ?

– Fais ce que je dis !

Trente secondes plus tard, Jessa la rappelle, sa propre voix devenue métallique.

– Tu as intérêt à avoir une bonne raison ! gronde-t-elle.

– Je n'ai pas le temps de t'expliquer. Papa et toi devez quitter Capital City immédiatement. N'en parle à personne et ne retourne pas à l'appartement ! C'est trop risqué.

– Est-ce que c'est une plaisanterie ?

– Si seulement…

– Est-ce que tu es en danger ?

– Nous le sommes tous. Rejoins les coordonnées que je vais te donner. Je vous y retrouve au plus vite. Il y a quelque chose que je dois faire d'abord.

Étrangement, Merei se sent beaucoup mieux qu'au cours des dernières semaines. Elle n'a plus besoin de regarder par-dessus son épaule ou de s'inquiéter de ce qui pourrait arriver. Elle n'a plus d'autre choix que de passer à l'action.

Lorsqu'elle dévale les escaliers de l'entrepôt, le vieux poète lui sourit et met de l'eau à bouillir sur son réchaud, mais Merei l'interrompt en levant une main.

– On s'en va. Maintenant.

– Les jeunes d'aujourd'hui sont toujours pressés, grommelle-t-il en commençant à empiler plusieurs tas de feuilles.

Merei le regarde faire, bouche bée.

– Vous faites quoi, là ? On doit y aller ! Et on n'emporte rien.

– Mais, et mes poèmes ?!

– Ce n'est pas la poésie qui va nous sauver, Holshef !

– Même pas les derniers ? gémit-il.

– D'accord, soupire-t-elle. Juste les derniers.

Sous la supervision de Merei, le vieux poète tire de la pile une liasse de feuilles beaucoup plus mince et la fourre dans une sacoche râpée. Dehors, Holshef cligne des yeux, ébloui par la lumière du soleil, et sourit avant de prendre place derrière Merei sur son jumpspeeder.

– Il va falloir que vous vous accrochiez mieux que ça, le prévient-elle.

– Mais vous êtes une enfant si fragile ! J'aurais peur de vous faire mal, et puis je ne veux pas mettre le bazar dans mes papiers.

– Tomber de la moto serait bien pire ! rétorque Merei en faisant légèrement ronfler le moteur.

Ce simple coup d'accélérateur suffit à faire paniquer Holshef.

Il hoche la tête, glisse sa sacoche sur le côté et enroule ses bras autour du ventre de Merei. Ils traversent les banlieues de Capital City sans incident et atteignent la voie rapide qui mène à l'est de la ville. Ce n'est que le milieu de l'après-midi, mais le trafic est déjà dense. Merei jette un coup d'œil à l'unité de navigation de son jumpspeeder et voit qu'ils ne sont plus qu'à deux klicks de la cantina du Vieux Jho.

On va y arriver !

C'est à cet instant qu'une décharge de blaster lui frôle la tête.

Le cœur battant, Merei vire à gauche et coupe la trajectoire d'un camion agricole. Déséquilibré, le jumpspeeder zigzague sur plusieurs mètres. Holshef s'agrippe encore plus fort à Merei. Elle écrase l'accélérateur, se faufile entre deux camions-citernes speeders et ose jeter un coup d'œil en arrière.

Ce ne sont pas des Impériaux, qui les pourchassent, mais un swoop. Merei essaie d'apercevoir le conducteur, mais elle conduit trop vite, et elle ne distingue rien d'autre qu'une silhouette vêtue de noir et un blaster chromé.

– Son engin est beaucoup plus rapide que le mien, crie Merei. Accrochez-vous !

– Mais je m'accroche déjà ! geint Holshef.

Elle va se cacher devant un camion speeder, ralentit, puis effectue plusieurs embardées.

Si le chauffeur derrière elle avait été fait de chair et de sang, il aurait aussitôt paniqué, mais elle sait que le véhicule droïde se contentera d'ajuster automatiquement sa vitesse et, avec un peu de chance, bloquera leur poursuivant.

Mais le motard a réussi à échapper à l'embouteillage et les attaque maintenant par le flanc. Il fait feu, et les décharges creusent des cratères dans la route. Merei oblique vers la droite pour laisser le camion speeder la dépasser.

– Ce forcené va finir par blesser quelqu'un ! crie Holshef.

Une décharge de blaster érafle le guidon du jumpspeeder dans une gerbe d'étincelles. Le conducteur du swoop a réussi à se placer derrière eux. Merei essaie désespérément d'obliquer vers la gauche, mais une salve de tirs l'en dissuade. Qui que soit la personne qui les poursuit, elle n'essaie pas de les tuer – de cet angle, il aurait déjà pu les abattre facilement – mais de les pousser à quitter la route.

C'est le chasseur de primes qui en a après Holshef ! comprend-elle soudain.

Le poète se retourne pour essayer d'apercevoir leur poursuivant. Sa main gauche se libère et Merei sent son étreinte se relâcher. Elle lui crie de s'accrocher, mais le jumpspeeder se met à louvoyer dangereusement. Des coups de klaxon retentissent tout autour d'eux.

– Mes papiers ! glapit Holshef.

Merei se retourne et voit le vieil homme s'agripper désespérément à sa sacoche, qui a glissé de son épaule et vole désormais à l'horizontale derrière eux. Des papiers commencent à s'en échapper. L'un d'eux va s'aplatir sur le visage du chasseur de primes et n'en bouge plus, comme épinglé par le vent.

Le motard essaie de s'en débarrasser avec des gestes frénétiques. Son swoop se met à osciller, puis part en vrille, hors de contrôle, et disparaît entre deux réservoirs à carburant tirés par un camion droïde.

– Holshef ! Lâchez le sac ! hurle Merei en écrasant l'accélérateur.

Un instant plus tard, elle sent une vague de chaleur dans son dos, tandis qu'une énorme explosion projette la moto en avant. Lorsqu'elle regarde en arrière, le camion-citerne n'est plus qu'une carcasse en feu, et des bouts de papier enflammés volent dans tous les sens.

– Que cela vous serve de leçon, ma chère ! commente Holshef. Il ne faut jamais sous-estimer le pouvoir de la poésie !

Chapitre 11

RÉVÉLATIONS

En arrivant à la cantina du Vieux Jho, Merei est soulagée de voir ses parents, assis au comptoir. Même s'ils ont l'air furieux. Le barman ithorien est furibond, lui aussi : pourquoi Merei vient-elle avec une journée d'avance ? Et comment ose-t-elle faire venir des membres du Renseignement impérial chez lui ?

– Un mandat d'arrêt a été émis contre moi, explique Merei. Enfin, pas exactement contre moi, mais c'est tout comme. Je ne pouvais pas rester sans rien faire. Quant à ces membres du Renseignement impérial, ce sont mes parents. Et lui, c'est Holshef. L'auteur des poèmes que tu as lus.

L'Ithorien dévisage le vieux poète.

– J'ai trouvé votre description de la moisson dans les Westhills très bien vue. Avez-vous déjà goûté au sirop de bois de greel de Far Hiradne ?

Holshef sourit.

– J'ai été apprenti récolteur de sève là-bas.

Le Vieux Jho s'illumine.

– J'ai une bouteille de sirop millésimée, là derrière, dit-il.

Un instant plus tard, l'Ithorien et le poète disparaissent dans l'arrière-boutique en échangeant leurs souvenirs du temps passé.

Merei se tourne vers ses parents. Jessa semble trop en colère pour trouver ses mots.

– Je crois que tu ferais mieux de tout nous expliquer, Mer-Veille, suggère Gandr d'une voix calme.

– Je sais, reconnaît Merei avant de prendre une grande inspiration. Alors, vous vous souvenez de cette intrusion au ministère des Transports ? Celle sur laquelle maman enquêtait ? Eh bien, c'était moi. J'ai laissé traîner au ministère des disques durs contenant un programme de snooping créé par le Syndicat Gris. Lorsque quelqu'un les a branchés, j'ai été capable d'obtenir des privilèges d'administrateur sur le réseau impérial, et j'ai utilisé le compte d'administrateur pour me créer une fausse identité au BSI, ce qui m'a permis de voler des documents impériaux pour Zare. Les snoopers se sont tous autodétruits à part celui du terminal, dont le chronomètre était déficient, mais de ça, vous êtes déjà au courant. Oh, et ensuite le chef du Syndicat Gris m'a forcée à travailler pour lui comme coursier. Je m'en suis sortie en simulant mon propre kidnapping et en effaçant leurs archives avec un aimant à impulsion. Mais l'Empire a arrêté l'élève de l'EPSI qui m'aidait, ainsi que la fille qu'ils pensent que je suis, alors on doit quitter la planète aussi vite que possible.

Interdits, ses parents la fixent un long moment.

– Waouh ! finit par dire son père. Plutôt impressionnant, comme piratage, Mer-Veille ! Est-ce que les snoopers utilisaient un…

– Gandr ! l'interrompt sèchement Jessa. Je ne pense vraiment pas que ce soit la chose la plus importante à aborder dans l'immédiat.

– Exact. Exact. Bien sûr. Mer-Veille, c'est vraiment décevant…

– Est-ce que tu réalises ce que tu as fait ? demande Jessa. Tu as gâché nos vies ! Tu es devenue une sorte d'insurgée, une ennemie de l'Empire…

– Maman, arrête ! la coupe Merei en sortant son datapad. J'ai ici toute une liste de documents qui traitent de ce qui se passe sur Lothal depuis plusieurs mois. Avant que tu dises quoi que ce soit d'autre, je voudrais que tu les lises.

Jessa pose les yeux sur l'appareil à contrecœur, puis hausse les épaules et le prend à sa fille.

– Notre vaisseau pour Garel ne sera pas ici avant demain matin, donc ça te laisse amplement le temps.

Jessa appuie sur l'écran et parcourt la liste des dossiers.

– La plupart de ces documents sont hautement confidentiels !

– Je sais. Mon niveau d'autorisation est beaucoup plus élevé que le tien, maman.

Jessa et Gandr emportent avec eux le datapad dans une réserve située sous la cantina. Restée seule, Merei s'affale sur le comptoir, la tête entre les bras, finalement rattrapée par les événements de la journée. Elle reste assise là jusqu'à ce que sa mère réapparaisse, le visage pâle. Elle s'assoit sur le siège à côté de sa fille, le regard fixé sur le comptoir.

– Je ne savais pas, dit-elle dans un souffle. Je suspectais peut-être certaines choses. Mais je ne savais pas.

– Comme aucun de nous. Alors qu'est-ce qu'on fait, maintenant ?

– Tout dépend si l'Empire croit que ton camarade de classe est relié à quelque chose de plus gros qu'un piratage de bas étage.

– Jix, que va-t-il lui arriver ?

Jessa secoue la tête.

– On ne peut pas faire grand-chose pour lui. Juste espérer qu'il obtienne une peine de courte durée. Mais dès que l'Empire comprendra que c'est après toi qu'il en a, nos visages seront dans la mémoire de tous les droïdes-sondes de Lothal. D'ici là, avec un peu de chance, nous serons à l'abri sur Garel.

Merei hoche la tête, surprise et impressionnée par la capacité qu'a sa mère d'accepter et de gérer la situation avec dignité.

– Et Zare ? demande-t-elle. Il a assez de problèmes comme ça pour que je lui fasse courir encore plus de danger. Mais je peux vérifier son statut…

– C'est inutile. Les informations venant d'Arkanis ne sont plus mises à jour en temps réel. On regardera ça demain matin, quand les droïdes-courriers auront fait leur travail.

Merei ne se serait pas crue capable de dormir, encore moins recroquevillée dans un coin de la réserve du Vieux Jho. Et pourtant elle dort, et si profondément que lorsqu'elle se réveille, son chronomètre indique qu'il est près de deux heures après l'aube. Elle regarde autour d'elle et trouve ses parents, penchés sur leurs datapads, en train de manger des barres de ration.

– Où est Holshef ?

– Dehors, il s'extasie devant les fleurs sauvages avec ton ami Jho, répond Gandr en souriant.

– Vu que tu as fini par te réveiller, je propose qu'on se mette au travail, dit Jessa. Il n'y a pas encore de mandat d'arrêt contre toi. Et Hestia Tarleton a été libérée hier soir.

– Voilà un poids en moins sur ma conscience, c'est déjà ça… Et Zare ?

– Les mises à jour du matin sont encore en train de se charger. En attendant, j'ai utilisé ton accès à la BSI pour voir si je pouvais trouver quelque chose sur la Zone Néant. Il semblerait que l'Empire mette en œuvre plusieurs programmes secret, là-bas. Est-ce que ces noms te rappellent quelque chose ?

Merei parcourt la liste des yeux.

– Le projet Récolte est à l'origine de l'enlèvement de Dhara, la sœur de Zare. Les autres ne me disent rien, mais… Oh, non.

– Quoi ?

– Le projet Unité. C'est le programme dans lequel ils ont mis Beck Ollet, notre ami des Sciences Appliquées, tu te souviens ? C'est un programme de rééducation pour les dissidents. Si Beck se trouve dans la Zone Néant et que Zare essaie d'y entrer…

Jessa opine du chef, l'air grave.

– Inutile de nous affoler tant qu'on n'a pas vu les mises à jour. Pourquoi tu n'irais pas à l'étage voir si notre vaisseau est arrivé ? Si j'ai la moindre nouvelle, je viendrai te prévenir.

Merei acquiesce à contrecœur.

Dans la salle commune, elle trouve Jho en pleine discussion avec un hologramme.

L'Ithorien fait signe à Merei de venir se placer à côté de lui devant l'holoprojecteur. Observant l'image chatoyante de plus près, elle identifie aussitôt le Lasat qu'elle connaît sous le nom de Spectre-4.

– Eh bien, si ce n'est pas Merei-1 ! s'exclame-t-il en souriant. J'ai toujours su que tu finirais mal, petite !

– C'est avec vous qu'on quitte la planète ?

Les oreilles du Lasat retombent mollement.

– Euh… eh bien, comme je l'ai dit à Jho, Lothal est un poil trop chaude pour mes associés et moi en ce moment. Mais ne t'inquiète pas, on vous retrouve à la périphérie du système Garel ! Jho va vous y conduire, et de là on vous emmènera jusqu'à Garel.

– Ce qui fait que ton équipage me doit toujours une faveur ! grommelle le Vieux Jho.

Il coupe la communication en secouant la tête.

– Je ne savais pas que tu avais un vaisseau, s'étonne Merei tandis que l'Ithorien extrait une caisse à outils cabossée de sous le comptoir.

Le Vieux Jho hoche la tête.

– Le motivateur de l'hyperpropulsion est un peu patraque, mais il devrait tenir sur un vol aussi court. Ça va le faire. Enfin, une fois que j'aurai réparé deux ou trois trucs.

– Deux ou trois trucs ? répète Merei. C'était quand, la dernière fois qu'il est allé dans l'espace ?

– Ça fait quelque temps, reconnaît le Vieux Jho. Comme tous les êtres sensés, je préfère garder les pieds sur la terre ferme.

Jessa émerge de la réserve avec Gandr. À voir l'expression de sa mère, Merei comprend qu'elle a de mauvaises nouvelles.

– Zare a été suspendu. Il est aux arrêts et passera sous peu devant un tribunal militaire.

– Oh non !

Merei se retourne vers le Vieux Jho.

– On doit y aller ! Maintenant !

– Le vaisseau n'est pas prêt à voler.

– Tant pis ! On doit…

– Merei, la coupe Jessa. Tu dois te calmer.

– Ne me dis pas de me calmer ! Ils ont capturé Zare, et ils vont le tuer ! Et tout est ma faute !

– Ça n'a absolument rien à voir avec toi ! L'Empire n'a pas encore compris que c'est toi qu'il cherche, tu te rappelles ? Il a dû se passer autre chose.

C'est vrai. Merei se force à reprendre son souffle, à réfléchir.

– L'Empire va arrêter les parents de Zare ?

– Oui, dit Jessa.

– Alors on doit les aider.

– Holà, Mer-Veille ! intervient Gandr. Capital City n'est pas vraiment la porte à côté, tu sais. Il faut qu'on quitte cette planète au plus vite !

– Pas sans Tepha ni Leo, insiste Merei en croisant les bras. Jho, dans combien de temps ton vaisseau sera-t-il prêt à partir ?

L'Ithorien hausse les épaules.

– Deux heures, environ.

– C'est le temps qu'il nous faut pour aller à Capital City, argumente Merei en se tournant vers sa mère.

– Je vais le regretter, soupire Jessa. Bon, on prend notre speeder.

Gandr blêmit.

– Jessa, c'est de la folie.

– C'est toute cette histoire, qui est de la folie pure ! Merei, tu as toujours ton localisateur ?

La jeune fille acquiesce et plonge la main dans son sac pour en sortir le petit appareil qui a conduit les stormtroopers jusqu'au quartier général du Syndicat Gris.

– Laisse-le à ton père ! poursuit Jessa. On va récupérer les parents de Zare, puis on met le cap sur l'ouest de la ville, et on vous envoie nos coordonnées.

Merei emboîte le pas à sa mère, mais de longs doigts s'agrippent à son bras. C'est Jho, qui lui tend son vieux pistolet blaster.

– Ce n'est pas tout à fait ma spécialité, murmure-t-elle, gênée.

– Certes, c'est une façon barbare de résoudre les problèmes, réplique l'Ithorien. Barbare, mais parfois efficace.

Chapitre 12

L'EXFILTRATION DES LEONIS

À mesure que le speeder des Spanjaf s'approche de Capital City, Merei sent son estomac se nouer. Elle s'attend à ce que des transports de troupes et des canonnières apparaissent à tout moment. Mais c'est un jour comme un autre sur Lothal, aussi sa mère et elle parviennent sans encombre à l'appartement des Leonis.

Merei balaie la rue du regard, puis sort du véhicule, douloureusement consciente de la présence du blaster dans son sac. Elle appuie sur la sonnette.

– Résidence des Leonis, répond Tante Nags sur un ton guindé. Veuillez indiquer la raison de votre présence.

– C'est Merei Spanjaf, Nags. S'il te plaît, va dire à Tepha que c'est urgent !

La mère de Zare accourt à la porte, l'air paniquée. Leo Leonis les rejoint et sourit poliment.

– Tepha, je n'ai pas le temps de t'expliquer ! s'écrie Merei. On doit partir sur-le-champ. Le speeder de ma mère nous attend en bas.

– Mais de quoi parles-tu, jeune fille ? se fâche Nags, ses photorécepteurs devenus rouges.

Derrière elle, le sourire disparaît du visage de Leo Leonis.

– Tais-toi, Nags ! ordonne Tepha, le visage blême. C'est Zare, c'est ça ? Que s'est-il passé ?

– Zare ? répète Leo. Qu'est-ce que c'est que cette histoire ?

– Il a été arrêté sur Arkanis et doit passer devant un tribunal militaire. Ils vont tout découvrir. Vous risquez d'être mis en détention, vous aussi.

Tepha plaque une main sur sa bouche, et Leo fixe Merei, bouche bée.

– Arrêté ? finit-il par balbutier. Est-ce que c'est une blague ? Arrêté pour quoi ?

– Leo, on doit y aller ! commande Tepha d'une voix ferme.

– On n'ira nulle part tant que je ne saurai pas ce qu'il se passe !

Merei prend une profonde inspiration.

– L'Empire a kidnappé Dhara dans le cadre d'un programme nommé projet Récolte. Zare est entré à l'Académie pour tenter de la retrouver. Il a découvert que Dhara est retenue prisonnière sur Arkanis. Mais quelque chose a dû mal tourner, parce qu'il est en détention, lui aussi, maintenant.

– C'est proprement délirant ! s'exclame Leo en serrant les poings. Ce sont des *mensonges.* L'Empire fait tout ce qu'il peut pour essayer de retrouver Dhara !

– Je peux vous prouver le contraire, rétorque Merei en cherchant son datapad dans son sac.

– Tout cela est vrai, intervient Tepha. Je le sais depuis que Zare a découvert ce qui était arrivé à Dhara.

– Et tu ne m'as rien dit ? hurle Leo.

– Non, parce que je savais que tu réagirais comme ça.

Leo dévisage sa femme, bouche bée.

– Vous êtes tous devenus fous, finit-il par dire.

Merei lui tend vivement le datapad.

– Tout est là, M. Leonis : le dossier de Dhara et celui de Zare. Voyez par vous-même !

Leo repousse l'appareil.

– Je ne veux pas regarder vos faux documents. C'est un malentendu, voilà tout. Je vais contacter les autorités pour mettre de l'ordre dans tout ça.

À peine a-t-il fait deux pas que Merei lui tire dans le dos. Frappé par les cercles bleus paralysants, Leo Leonis chancelle, puis s'écroule sur le canapé. Tante Nags se tourne vers Merei, ses photorécepteurs d'un rouge lumineux.

– Avant que tu dises quoi que ce soit, Nags, sache que j'aurais dû faire ça depuis des mois !

s'exclame Tepha. Alors rends-toi utile et aide-moi à porter Leo jusqu'au speeder.

Alors qu'ils atteignent l'extrémité ouest de Capital City, Leo commence à recouvrer ses esprits. Encore tout étourdi, il soulève lentement sa tête de l'épaule en synthéchair de Tante Nags.

– Merei, on a repéré ton localisateur, indique Gandr dans le comlink de sa fille. On vous récupère en dehors de la ville. Il y a un chemin de ferme à l'écart de la voie rapide où on peut se poser. Enfin, si le vaisseau de Jho ne s'écrase pas avant.

– OK, bien reçu, répond Merei. Maman, tu ne peux pas aller plus vite ?

– Ce n'est pas le moment de se faire arrêter pour excès de vitesse, réplique Jessa.

Les entrepôts laissent place à des édifices en briques d'argile, puis à un patchwork de maisons et de champs. Le petit groupe se retrouve bientôt entouré par les prairies de Lothal.

– On n'est plus qu'à quelques klicks du lieu de rendez-vous, annonce Merei. Mais je ne vois pas encore le vaisseau.

Devant eux, la voie rapide fait un coude. À peine l'ont-ils passé que Jessa enfonce la pédale de frein.

– Des motojets. C'est un barrage routier.

Merei les voit, elle aussi : deux motos, placées en travers de la voie rapide. Leurs conducteurs leur font signe de s'arrêter.

– Derrière nous ! s'écrie Tepha, et Merei aperçoit deux autres motojets en provenance de Capital City qui remontent en trombe la voie rapide.

– C'est terminé, souffle Jessa. On aura essayé.

– Seigneur, Seigneur ! gémit Nags.

– Ça n'est *pas* terminé ! gronde Merei en tirant le blaster de son sac.

Mais sa mère lui agrippe le poignet.

– J'ai bien peur que si. Pose cette arme tout

de suite, Merei. Les choses vont assez mal comme ça.

Les Impériaux s'arrêtent derrière le speeder et se mettent à aboyer des ordres. Merei et Jessa sortent du véhicule, les mains en l'air.

– On y était presque… gémit Merei.

Soudain, le monde se remplit de lumière, de chaleur et de bruits. Les motos se transforment en épaves fumantes, et les deux Impériaux gisent, étendus sur la chaussée.

Un cargo poids lourd anguleux apparaît au-dessus de leurs têtes dans un gémissement de moteurs. Une tourelle située sous son ventre pivote en crachant des décharges et envoie valser les deux autres motos ainsi que leurs conducteurs.

– On fonce ! hurle Merei tandis que le cargo de Jho, posé sur la chaussée, déploie déjà sa rampe d'embarquement.

La tour

Chapitre 13

LE TRIBUNAL MILITAIRE

Zare trouve cela plutôt ironique, qu'on le force à porter son uniforme de cérémonie au tribunal.

Par habitude, il l'enfile avec le plus grand soin, vérifie que ses bottes sont impeccablement cirées, et son sabre penché selon l'angle réglementaire. Mais il secoue la tête devant la futilité de la situation.

Quand Pocarto lui fait signe d'avancer, Zare n'hésite pas une seconde et entre à grands pas dans la salle d'apparat de la Zone Néant.

Le colonel Julyan est assis sur une chaise en bois sculpté, perchée sur une estrade à l'autre bout de la pièce. Devant lui siègent les onze autres Cadets du Commandant. Un petit groupe d'officiers impériaux parmi lesquels figure le commandant Hux, installé sous les fenêtres. Zare les dévisage tous, mais baisse les yeux quand il tombe sur le visage pâle de Chiron.

Julyan indique à Zare un siège isolé au milieu de la salle. Alors qu'il s'installe, le cadet se demande s'ils vont revenir encore une fois sur les preuves qui l'accablent et rabâcher ce qu'ils ont appris pendant l'interrogatoire de Beck et le sien.

Il a pris un malin plaisir à leur dire tout ce qu'il savait sur Dev Morgan, c'est-à-dire rien de bien utile. La seule chose qu'il n'a pas dévoilée pendant ces longues heures où le droïde d'interrogatoire tournait au-dessus de lui, c'est la nature de la mission de Chiron sur Arkanis.

– Debout, cadet Leonis ! gronde le colonel. Vous êtes accusé des crimes suivants :

engagement frauduleux, déclarations officielles mensongères, parjure à votre serment de cadet, manquement à vos devoirs, destruction de la propriété impériale, complicité avec des ennemis de l'Empire galactique, espionnage, tentative de meurtre sur personnel impérial, sédition et trahison. Toutes les preuves sont contre vous. Que plaidez-vous ?

– Coupable de tous ces chefs d'accusation, répond Zare d'un ton assuré.

– Je vois. Et avez-vous quelque chose à ajouter pour votre défense ?

– Oui. Tout ce que je voulais, c'était servir l'Empire… pour faire de la galaxie un monde meilleur. Mais j'ai fini par découvrir l'envers du décor. L'Empire m'a inculqué des mensonges à l'école. L'un de ses représentants a interdit à mes camarades de jouer au grav-ball parce qu'ils n'appartenaient pas à la bonne espèce. L'Empire est en train de détruire la planète sur laquelle je vis parce que c'est plus simple et moins cher que de l'exploiter d'une façon pérenne. Il m'a formé à l'utilisation de la loi, non pas pour maintenir l'ordre mais pour répandre la terreur. Il assassine des gens dont le seul crime est de refuser de croire à sa propagande.

Enfin, l'Empire a kidnappé ma sœur. Il a même menti à mes parents sur sa disparition. Face à toutes ces injustices, j'ai compris que je devais agir. Résister. Et chaque jour à travers la galaxie, de plus en plus de gens comprennent, disent et font la même chose que moi. On va me faire taire. On va me tuer. Je le sais. Mais l'Empire ne peut pas faire taire tous ces gens. Il ne peut pas tous les tuer.

Pendant un moment, on n'entend rien d'autre que le bruit des vagues qui viennent se briser sur la tour.

– Ce sera tout, cadet ? demande le colonel.

Zare se contente de hocher la tête.

– Que tous se lèvent ! ordonne Julyan. Zare Leonis, vous êtes condamné à mort pour vos crimes contre l'Empire. La sentence sera exécutée demain matin. Vous serez fusillé par un peloton. Ramenez le prisonnier dans sa cellule.

La nuit tombe sur Arkanis. Debout sur la couchette de sa cellule, Zare regarde par la petite fenêtre encastrée dans la pierre.

La porte de sa cellule s'ouvre. Chiron entre et fait signe aux stormtroopers de les laisser seuls.

– Pourquoi ne m'en as-tu pas parlé ? demande-t-il à voix basse, l'air meurtri.

– Et qu'auriez-vous fait ?

– Je serais allé voir le gouverneur du secteur ou le Grand Moff Tarkin. Ce qui est arrivé à ta sœur est intolérable. Tout comme les choses que tu as évoquées aujourd'hui. Mais ce sont des abus commis par une minorité aveuglée.

Zare secoue la tête.

– C'est vous qui êtes aveuglé. L'Empire auquel vous croyez est une illusion, lieutenant, un mensonge. Le véritable Empire est celui de Fhurek, du capitaine Roddance et de l'Inquisiteur. Celui de Tarkin et de Palpatine.

– Et si j'arrivais à faire commuer ta peine ? suggère l'officier. Pour te faire intégrer le projet Unité ?

– Et finir comme Beck ? Jamais.

Chiron soupire.

– Si tu ne veux pas m'écouter, peut-être l'écouteras-tu, lui ? Laisse-moi faire venir Beck dans ta cellule pour parler. Fais au moins ça pour moi, Zare !

– D'accord. Cela ne va rien changer, mais c'est d'accord.

Zare vient juste de renoncer à son ragoût de nerf froid quand les gardes font entrer Beck dans sa cellule.

– On est assortis, maintenant, plaisante le garçon en montrant du doigt la combinaison orange de Zare. Tu devrais écouter le lieutenant Chiron, tu sais. Il veut t'aider. Le projet Unité m'a aidé.

– Comment ? En te faisant un lavage de cerveau ?

– Cela n'a rien à voir avec ça, Zare. Les médicaments nous calment pour que l'on puisse envisager d'autres points de vue. C'est tout.

Ils sont utiles. J'ai dû arrêter d'en prendre pour l'interrogatoire qui a précédé ton procès, et je ressens un manque. Mais regarde-moi, je n'ai pas changé. Je vois seulement les choses différemment, désormais.

Zare le dévisage, horrifié.

– Te souviens-tu du jour où nous sommes allés voir le camp dans les Westhills ? lui demande Zare. Celui que les réfugiés avaient installé près des vergers de ta famille ?

– Oui, je m'en souviens. Nos vergers étaient magnifiques.

– Les fermiers attendaient qu'un représentant de l'Empire vienne s'entretenir avec eux. Mais quand il est arrivé, il leur a ordonné de se disperser, et les stormtroopers se sont mis à les frapper. Ils ont même fini par ouvrir le feu. Tu t'en souviens, Beck ?

– Oui, répond-il sur un ton étrangement calme. La différence, c'est qu'aujourd'hui, je comprends les choses qui m'échappaient à l'époque. Ces gens ne le savaient pas, mais ils étaient manipulés par les ennemis de l'Empire, des organisations secrètes et cupides qui souhaitent que la corruption et le désordre règnent à nouveau dans la galaxie.

– Ces gens sur Lothal étaient des citoyens de l'Empire, Beck ! Des personnes que tu connaissais !

– L'Empire a fait ce qu'il avait à faire pour protéger tout le monde. Si tu veux empêcher que cela se reproduise, rejoins le projet Unité. Bats-toi contre les vrais ennemis, les gens dans l'ombre qui ont incité ces fermiers à se mettre en danger.

– Laisse tomber ! lâche Zare, écœuré. Sors d'ici.

– Je suis désolé que tu refuses d'être aidé.

Il dit un mot dans son comlink, et une minute plus tard, Chiron ouvre la porte, flanqué de deux stormtroopers. Beck adresse un dernier sourire à Zare, puis sort de la cellule, laissant l'officier sur le seuil.

– Plutôt mourir que devenir une marionnette du projet Unité !

Chiron soupire.

– Alors il ne me reste plus qu'à te demander ce que tu aimerais pour ton dernier repas. Et par qui tu aimerais être servi.

– Pourquoi pas un bon steak de nerf ? suggère Zare. Servi par un capitaine pirate avec un vaisseau rapide à louer ?

Chiron esquisse un sourire.

– J'ai bien peur que ce ne soit pas possible.

Zare détourne le regard. Il hume l'air salé. Cela lui fait penser à Merei et à la fois où elle lui a parlé de poésie et de souvenirs.

Il se retourne vers Chiron.

– Vous demanderez à Beck de m'apporter mon repas. Il est le seul ici que j'aie connu avant que tout dégénère.

– D'accord. Et le menu ?

– Eh bien, rien de bien excentrique, répond Zare avant de lui indiquer ce qu'il désire.

TROOPERS

14
SOUVENIRS

Le lendemain matin, Zare est réveillé en sursaut par le bruit de la porte. Beck entre dans la cellule, suivi d'un droïde portant un plateau-repas recouvert d'un couvercle. Il le pose sur la couchette, puis ressort.

– Beck, tu te souviens de Lothal ?

Le garçon roux secoue la tête.

– Tu ne vas pas recommencer ! Je me souviens de tout sur Lothal, je n'ai rien oublié.

– Je pense que si, insiste Zare en soulevant le couvercle de son repas.

Le plateau est vide, à l'exception de deux fruits de jogan dont les tiges comptent encore quelques brins de fleurs. Zare en tend un à son ami.

– Sens ça ! Ça va te rappeler des souvenirs.

Beck porte le fruit à son nez, et Zare retient son souffle pendant que son ami hume le parfum des fleurs.

La main de Beck s'ouvre, et le fruit tombe sur le sol de la cellule.

– Ils... ils ont tout détruit, s'étrangle le garçon.

Des larmes se mettent à couler sur son visage.

– Oui.

– Et quand les gens ont voulu s'interposer, ils se sont fait tuer.

Zare acquiesce.

– Ils... ils m'ont fait des choses, Zare.

– Je sais. Ce n'est pas ta faute. Et tu n'es pas le seul.

– Ta sœur ?

Zare fait « oui » de la tête.

– Dhara est vivante. Elle est quelque part dans cette tour.

Beck se baisse, ramasse le fruit et retire un brin de fleurs de la tige.

– Tu vas bien ? l'interroge Zare.

– Je ne sais pas. Je n'ai pas les idées claires. Mais je crois que ça va.

Il ferme les yeux, inspire profondément, puis se tourne vers Zare, le regard plus lucide.

– Allons chercher ta sœur !

Zare sourit.

– Tu connais le plan de la tour ?

– Non, répond Beck en fronçant les sourcils. Je sais juste qu'on se trouve au-dessus de l'étage où se réunissent les membres du projet Unité. Mais je n'étais jamais monté jusqu'ici auparavant.

– Dommage. Bon, je propose qu'on libère ma sœur, puis qu'on trouve un moyen d'atteindre le sommet de la tour. J'ai déjà vu des gens se poser là-haut, donc le commandant y a peut-être un moyen de transport.

– D'accord. Mais qu'est-ce qu'on fait des deux stormtroopers postés devant ta cellule ?

– Comme au grav-ball : une passe et une échappée de l'attaquant central. Tu te souviens de cette manœuvre ?

Beck opine du chef, puis sort son comlink.

– Je suis prêt à sortir de la cellule, dit-il en fixant la porte comme si c'était la ligne de centre du terrain de grav-ball.

Zare se tient derrière lui, prêt à bondir.

La porte coulisse, et Beck se rue, tête baissée, dans le ventre du stormtrooper. Mains tendues, Zare attrape le blaster que Beck a arraché au soldat. Il tire sur le second garde, puis se tourne et abat le premier qui se battait encore contre Beck.

– Viens, dépêche-toi ! lance Zare en se précipitant dans le couloir.

Beck ramasse l'E-11 du second soldat, puis lui emboîte le pas. Les deux garçons s'arrêtent devant la porte de la salle de contrôle du bloc de détention. Zare appuie sur le bouton d'ouverture et abat les gardes à l'intérieur.

– Détruis les caméras pendant que j'essaie de trouver Dhara, ordonne-t-il à Beck, en examinant rapidement la pièce.

Trois portes mènent à des couloirs desservant des cellules. De l'autre côté de la pièce se trouvent un ascenseur à côté d'une petite porte en bois et, derrière eux, la porte d'un ascenseur plus petit.

Zare examine la console, puis laisse courir ses doigts sur le clavier.

– Allez, sœurette, où es-tu ?

Ils entendent un moteur gronder au-dessus d'eux : un vaisseau vient d'atterrir au sommet de la tour ! Des alarmes retentissent, et l'écran de l'ordinateur s'éteint.

– On va se faire encercler, gémit Beck. Tu l'as trouvée ?

– Non, ils ont verrouillé le système.

Le clignotant de l'ascenseur se met à sonner.

– Baisse-toi ! s'écrie Beck au moment où les portes s'ouvrent sur un petit groupe de stormtroopers.

Zare tire sur le chef. Touché en pleine poitrine, il bascule en arrière sur ses deux camarades, et Beck vise l'intérieur de la cabine sans discontinuer. Les trois soldats gisent, immobiles, mais des bruits de pas résonnent dans l'escalier.

Zare court s'abriter derrière une autre console pour que Beck et lui puissent tirer de deux angles différents.

Des décharges résonnent au-dessus d'eux, et les deux garçons échangent un regard étonné. Puis la porte en bois s'ouvre à la volée. Zare ouvre le feu, mais les tirs sont déviés par un halo de lumière vive.

– Zare ! hurle une voix familière.

– Merei ? demande le cadet, éberlué.

Merei se fraie un chemin parmi ses compagnons – un alien gigantesque, une fille en armure mandalorienne et Dev Morgan, un sabre lumineux à la main – et se jette dans les bras de Zare.

– Qu'est-ce que... Comment as-tu... bégaie-t-il.

Merei lui sourit.

– Je suis venue te sauver, bien sûr. Même si, apparemment, vous vous débrouillez très bien, Beck et toi. Tu connais Dev Morgan, et voici ses amis, les Spectres.

– Ne me dis pas que je t'ai manqué ! glousse Dev.

– Et pourtant si, cadet ! admet Zare. Je suis heureux de vous voir, mais les Impériaux ont verrouillé le réseau et nous ne connaissons pas les plans de la tour.

– On a bien fait de venir alors, parce qu'on les connaît, maman et moi ! glisse Merei en indiquant du menton une femme, debout derrière elle.

– Maintenant que les retrouvailles sont terminées, il est temps d'agir ! ordonne la fille en armure. Spectre-4 et moi allons emmener Jessa à l'ordinateur principal pour que les soldats ne puissent plus entrer dans la tour ni utiliser les ascenseurs. Merei, infiltre-toi dans le réseau depuis ce poste et retrouve la sœur de Zare. Spectre-6, tu libères l'accès au toit pour qu'on puisse se replier tout à l'heure. Ensuite, si on arrive à temps à Garel, Spectre-2 nous pardonnera peut-être de lui avoir volé son vaisseau, conclut la mandalorienne, en détachant de sa ceinture une petite boule argentée.

Elle active le détonateur thermique, puis le jette dans la cage d'escalier. Un instant plus tard, un bruit sourd fait trembler la tour.

– Voilà qui devrait décourager les comités d'accueil en bas, lâche-t-elle, l'air satisfait.

Elle lance un autre détonateur à Merei.

– Et voici un petit cadeau pour toi !

Les Spectres filent dans l'escalier, suivis de Jessa. Merei tend le détonateur à Beck et branche son datapad à la console.

– Je peux déjà vous dire que Dhara est dans la cellule 17, mais j'ai besoin d'une minute de plus pour pirater le code de verrouillage. Gardez un œil sur cette porte derrière nous, c'est un ascenseur de service réservé au haut personnel.

– Je m'en occupe, propose Zare. Beck, surveille l'ascenseur principal.

– D'accord. Tu sais à quoi je pense ? Au grav-ball !

– Au grav-ball ?

– Oui. De combien de points est-on en train de perdre ? Et combien de temps nous reste-t-il avant la fin du match ?

– Qui te dit qu'on est en train de perdre ? rétorque Zare.

– On est dans une tour encerclée de stormtroopers. C'est plutôt mal parti !

– C'est le score final, qui compte. Comment ça avance, Merei ?

– J'y suis presque, répond-elle.

Son comlink se met à vibrer.

– Ici Spectre-5, dit la mandalorienne. Nous avons verrouillé l'accès à la tour, mais faites attention, ça grouille de soldats impériaux entre vous et nous.

– Bien reçu, répond Merei avant de crier : ça y est, c'est bon !

La porte de la zone de détention s'ouvre en coulissant.

– Va vite chercher Dhara ! ordonne Merei à Zare. Si j'arrive à faire fonctionner l'ascenseur de secours, on pourra aller directement sur le toit.

Zare se rue dans le couloir et fonce jusqu'à la cellule 17. À l'intérieur, Dhara Leonis est prostrée sur sa couchette.

– Dhara, c'est moi, chuchote Zare.

Elle le dévisage, sans comprendre, puis se recroqueville davantage.

– Allez, sœurette. On doit partir !

– Zare ? demande-t-elle d'une voix rauque.

Non, non, ce n'est pas réel. Tu es un rêve, un mensonge. C'est encore lui qui me joue un tour !

– Je suis réel. Et celui dont tu parles est mort. Il ne peut plus te faire de mal.

– Mort ? répète Dhara en regardant la main tendue de son frère avec méfiance.

– N'aie pas peur et prends ma main ! Maman et papa nous attendent.

Dhara accepte.

– Voilà, dit Zare en passant un bras autour de ses épaules. Maintenant, viens !

Des tirs de blaster résonnent au loin. Zare entraîne sa sœur hors de la cellule et tombe sur Merei et Beck qui battent en retraite.

– Des stormtroopers, explique Beck. On n'a pas eu le choix.

Merei porte le comlink à sa bouche :

– Spectres, on est bloqués, retranchés dans le couloir des cellules !

– Malheureusement, nous aussi, répond la mandalorienne.

– Et il y a des TIE en approche, ajoute Dev d'un air grave.

15

SACRIFICE

Un rayon laser fuse au-dessus de la tête de Zare. Le jeune homme se place devant sa sœur et réplique par un tir de barrage.

– On ne va pas survivre plus de cinq minutes si on reste là ! grommelle-t-il.

– Je suis d'accord. Dommage qu'on ne puisse pas sortir ! ironise Merei en se collant à la paroi.

– On peut sortir, et on va sortir ! lance Beck. Dis à ta mère et aux Spectres de commencer à grimper. Moi, je me charge des soldats.

Il sort le détonateur que Spectre-5 a donné à Merei.

– Beck, non… C'est trop dangereux ! s'écrie Zare.

– « Percée du joueur arrière centre ». Combien de parties on a gagnées avec cette stratégie ?

– L'autre équipe n'avait pas de blasters, rétorque Merei. Beck, ne fais pas ça !

– Il faut que quelqu'un le fasse avant que les renforts débarquent. Ou on va tous mourir ici. Maintenant, écoutez-moi : Lothal a besoin de vous et des Spectres. Vous êtes ceux que j'espérais, l'étincelle qui va réduire l'Empire en cendres. Et puis qui sait ? Je pourrais avoir un coup de chance !

Avant que Zare et Merei puissent le retenir, Beck charge vers la salle de contrôle en hurlant à pleins poumons. Merei s'élance derrière lui, son blaster crachant des salves de feu, et Zare entraîne Dhara à sa suite.

Puis un souffle puissant les propulse en arrière. Zare se relève. Ses oreilles lui font mal. Silencieuse, la salle de contrôle est remplie de fumée. Un énorme trou éventre désormais les portes de l'ascenseur, et un monceau de gravats et de morceaux de métal tordus bloque l'accès à l'escalier. Merei regarde les débris, une main plaquée sur sa bouche. Le bras de Beck dépasse d'un éboulis, ses doigts crispés sur un brin de jogan en fleurs.

Soudain, les portes de l'ascenseur auxiliaire s'ouvrent, et Chiron pénètre dans la salle de contrôle, suivi de quatre stormtroopers, blaster au poing.

– C'est terminé, Leonis ! lance l'officier.

Zare brandit son arme et s'interpose devant les deux jeunes filles.

– Ne faites pas un pas de plus !

– Tu es en infériorité numérique, Zare. Je t'en prie, ne m'oblige pas à faire ça.

– Vous voyez, cette jeune fille ? C'est ma sœur, lieutenant. Regardez ce que l'Empire lui a fait !

– Zare, pose ton arme. Fais-le pour elle ! Je promets qu'il ne lui sera fait aucun mal.

– L'Empire auquel vous croyez n'existe que dans votre esprit ! Il faut que vous ouvriez les yeux ! rugit Zare.

Chiron le dévisage, l'air tiraillé, puis secoue la tête.

– Tout ce qui est arrivé fera l'objet d'une enquête, et si des actes répréhensibles sont avérés, ils seront punis. Mais je ne manquerai pas à mon devoir.

Dhara repousse doucement Merei et s'avance, les bras levés.

– Non, dit-elle d'une voix quasi inaudible.

Les yeux de Chiron se tournent vers la jeune fille.

Alors Dhara pousse un cri perçant, plein de rage et de douleur. L'espace d'une fraction de seconde, Merei croit voir les yeux de la jeune fille s'embraser. Des morceaux de pierre et de métal se mettent à voler à travers la pièce, comme lancés par une gigantesque main invisible, et s'abattent sur Chiron et les stormtroopers.

Dhara baisse les bras et ses épaules s'affaissent. La fusillade de pierre et de métal s'est terminée aussi vite qu'elle avait commencé. Elle regarde ses mains, désorientée, puis s'agrippe à son frère.

– Vite ! L'ascenseur ! s'écrie Merei.

Zare s'agenouille à côté de Chiron. Les yeux de l'officier sont ouverts, son regard sans vie. Il se penche et baisse ses paupières, puis entraîne Dhara jusqu'à l'ascenseur. Dans son comlink, Merei indique aux Spectres de se rendre sur le toit.

– Ce… C'était quoi, ça ? demande-t-elle à Zare lorsque les portes se referment.

– Je ne sais pas. Mais n'en parle à personne, OK ?

Elle opine du chef, et les portes se rouvrent. La pluie leur fouette le visage. Debout devant la rampe d'un cargo, Dev leur fait signe de se dépêcher. Le Lasat, la Mandalorienne et Jessa traversent le toit en courant depuis l'autre côté.

Quand les chasseurs TIE arrivent au-dessus de la tour, le cargo n'est plus qu'un point à l'horizon fonçant au-dessus des eaux sombres.

Une fois à l'abri en hyperespace, Zare conduit Dhara jusqu'à une des couchettes du vaisseau. Elle s'allonge sans dire un mot, le regard dans le vide.

Zare pose doucement la main sur son front.

– Hé, sœurette ! murmure-t-il en souriant. Tout va bien. Nous sommes en sécurité.

Les yeux de Dhara papillonnent, puis se tournent vers lui.

– Je savais que tu viendrais. Je l'ai rêvé.

– Et tu avais raison, répond-il, les yeux brillants.

– Je l'ai vu. J'ai vu comment ça se passerait. Je t'ai vu, toi, et cette fille aussi.

– Merei.

– Et le garçon sous les décombres. J'ai rêvé de tant de choses, Zare. Il… Il me demandait toujours de lui raconter.

– Chut… Il est mort. C'est fini, maintenant. Repose-toi.

– Je suis si fatiguée… mais je ne veux pas dormir. J'ai peur qu'en me réveillant, je réalise que tout ça n'était qu'un rêve.

– Tu ne rêves pas. Je suis bien là, et tu es en sécurité. Dors, à présent. Quand tu te réveilleras, je serai là, et papa et maman ne seront plus loin.

Dhara esquisse un sourire, hoche la tête et ferme les yeux. Zare attend que les mouvements de sa poitrine deviennent réguliers, puis se faufile hors de la cabine.

Dans la coursive, il retrouve Dev, qui l'attend juste à côté de la porte.

– Est-ce qu'elle va bien ?

– Je crois, oui. Mais elle a été très éprouvée. Merci, Dev.

Le garçon semble gêné.

– J'aurais dû te le dire depuis longtemps : je ne m'appelle pas Dev, mais Ezra. Ezra Bridger.

– Eh bien, merci, Ezra. Après tout ce temps, je suis ravi de faire vraiment ta connaissance.

– Mieux vaut tard que jamais, non ? Quand on sera sur Garel, je te présenterai mes autres amis.

Tandis que le *Ghost* approche de Garel, Merei apporte à Zare une tasse de thé et se glisse à côté de lui sur la banquette de la soute principale. Zare passe un bras autour d'elle, et la jeune fille pose la tête sur son épaule.

– Tu m'as manqué, souffle-t-elle.

– Toi aussi. Tu n'imagines pas à quel point. Quand je t'ai vue dans l'encadrement de cette porte, eh bien, je me suis juré que si on s'en sortait, je ne te laisserais plus jamais partir.

Merei sourit et l'embrasse.

– Ça me convient bien.

Ils restent silencieux quelques instants, heureux d'être ensemble.

– Et maintenant, qu'est-ce qui va se passer ? demande Zare.

Merei soupire.

– Il va falloir trouver une nouvelle planète, j'imagine. La galaxie est vaste. On dénichera bien un endroit loin de tout ça.

– J'imagine.

Merei se tourne face à lui.

– Tu n'as pas l'air convaincu.

– J'ai pu voir à quel point l'Empire est puissant, et à quel point il le deviendra si personne ne l'arrête.

Merei hoche la tête.

– Tu veux continuer à te battre.

– C'est bien la dernière chose que je veuille, soupire-t-il. Mais est-ce qu'on a le choix ? Beck a donné sa vie pour nous, et ce n'était pas pour qu'on aille se terrer dans un coin.

Merei reste silencieuse un moment. Puis elle esquisse un sourire.

– Il se trouve que j'ai téléchargé des milliers de documents classifiés dans le réseau impérial de Lothal. Alors peut-être qu'il y a quelque chose là-dedans qui pourrait s'avérer utile.

– Il y a des chances, oui ! rétorque Zare en riant.

Le *Ghost* se pose en douceur sur une plateforme d'atterrissage surplombant les tours de Garel City.

– Terminus, tout le monde descend ! lance Zed en indiquant la rampe d'un geste théâtral. C'est pas qu'on ne se soit pas amusés, mais bon…

– Peut-être qu'on refera ça un jour ! lance Merei en se dressant sur la pointe des pieds pour poser un baiser sur la joue du Lasat.

– Ne me dis pas que tu rougis, Zed ! s'esclaffe Ezra, tandis que Merei et Jessa descendent du vaisseau.

Zare sourit en entendant les deux Spectres se chamailler derrière Dhara et lui.

– Papa et maman sont là, annonce-t-il à sa sœur en lui prenant la main. Tu es prête ?

Dhara acquiesce et lui serre les doigts.

– Prête.

Ils descendent le long de la rampe et plissent les yeux sous le soleil radieux de Garel.

Zare sourit en voyant Gandr Spanjaf embrasser sa fille et sa femme au pied de la rampe. Puis il aperçoit ses propres parents. Il jette un coup d'œil à sa sœur. Dhara esquisse un petit sourire, puis elle lâche la main de Zare et va se blottir dans les bras de sa mère.

Tepha serre sa fille contre elle, les joues ruisselantes de larmes, tandis que Leo attire Zare dans ses bras et lui donne de vigoureuses tapes dans le dos. S'ensuit un heureux méli-mélo où tous essaient de s'embrasser en même temps.

– Maman, papa, murmure Dhara. Serrez-moi. Serrez-moi fort.

Et cet instant de douceur s'éternise encore longtemps.

Fin

TABLE

Pour tout connaître sur ta série préférée, fonce sur le site :
www.bibliotheque-verte.com

PAPIER À BASE DE
FIBRES CERTIFIÉES

hachette s'engage pour l'environnement en réduisant l'empreinte carbone de ses livres. Celle de cet exemplaire est de :
800g éq. CO_2
Rendez-vous sur
www.hachette-durable.fr

Photogravure Nord Compo - Villeneuve-d'Ascq

Imprimé en Roumanie par G. Canale & C. S.A.
Dépôt légal : octobre 2015
Achevé d'imprimer : septembre 2015
53.3355.3/01 – ISBN 978-2-01-231703-1
Loi n° 49956 du 16 juillet 1949
sur les publications destinées à la jeunesse